突如として海から

環太平洋沿岸部を

核融合炉を動力と

対潜ミサイルを容

神話から飛び出てきたような不可思議 … ら、

旧約聖書で語られる海の怪物になぞらえて「レヴィヤタン」と名付けられた。

通称「レヴ」。出現以来、世界の在り方を一変させた人類の敵。

海中戦闘を目的として人類が生み出した対レヴ人型兵器。

全長十メートルの機体で、双腕型（ベート）、四腕型（ダレット）、六腕型（ヴァヴ）など

様々なモデルが存在する。

レヴの死骸から作られており、核融合炉の停止したレヴに外部電力を取り込む充電機関を

埋め込んで強制的に起動している。

胸部にある制御殻に人が乗り込み、感覚接続によって操縦できる仕様。

基本兵装は電離態加速槍（PAS）。

二十歳以上では拒絶反応がおき、感覚接続ができなくなる。

それゆえ、操縦者は少年少女たちに限定される。

チルドレン・オブ・リヴァイアサン

怪物が生まれた日

［著］新 八角
［絵］白井鋭利

注：作中には東日本大震災を想起させる津波の描写、及び震災後の精神的に負担の大きな描写が含まれます。ご了承の上、お読みいただきますようお願いいたします。

contents

Children of Leviathan

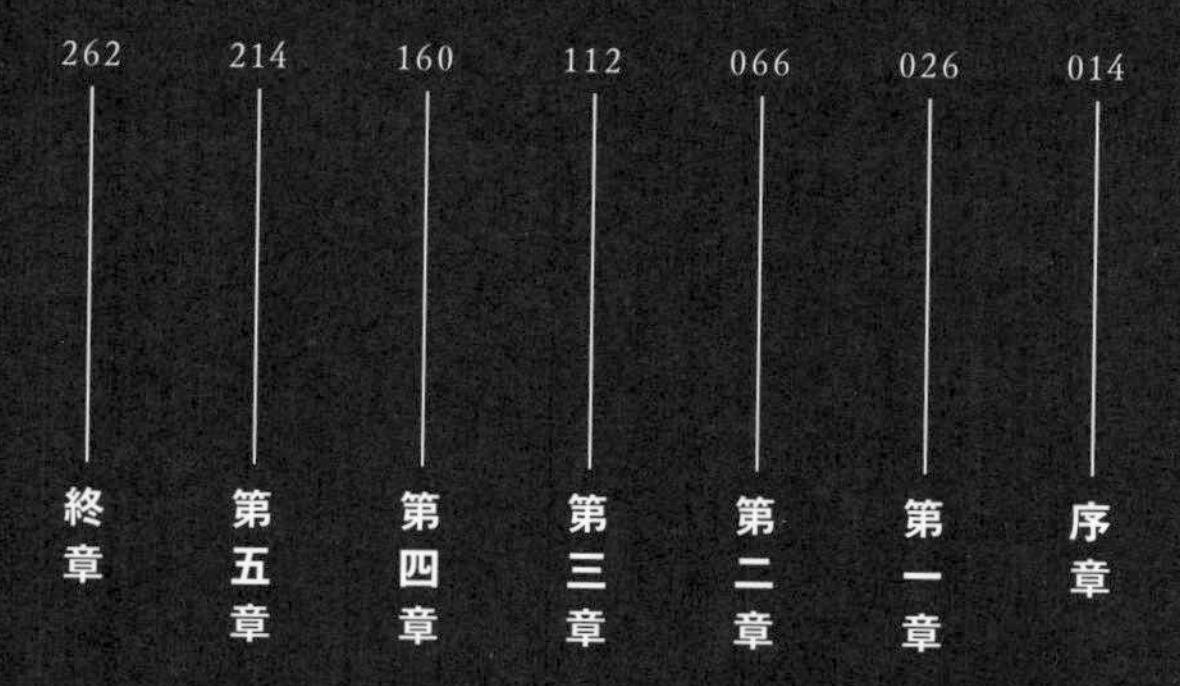

だれが、その外套をはぎ取ることができるか。胸当ての折り目の間に入ることができるか。

だれが、その顔の戸を開けることができるか。その歯の周りには恐怖がある。

その背は並んだ盾、封印したように固く閉じている。

一つ一つぴったり付いて、風もその間を通れない。

互いにくっつき、固くつながって離れない。

そのくしゃみは光を放ち、その目は暁のまぶたのようだ。

その口からはたいまつが燃え出し、火花が噴き出す。

その鼻からは煙が出て、煮え立つ釜や、燃える葦のようだ。

その息は炭火をおこし、その口からは炎が出る。

その首には力が宿り、その前には恐れが踊る。

その肉のひだはつなぎ合わされ、その身に固く付いて、揺るがない。

その心臓は石のように硬く、臼の下石のように硬い。

それが起き上がると、力ある者もおじけづき、おろおろして逃げ惑う。

それを剣で襲っても無駄だ。槍でも、投げ矢でも、矢じりでも。

それは鉄を藁のように、青銅を腐った木のように見なす。

矢によっても、それを逃げるようにはできず、石投げの石も、それには藁となる。

こん棒さえ藁のように見なし、投げ槍のうなる音をあざ笑う。
その下腹は鋭い土器のかけら、それは打穀機のように泥の上に身を伸ばす。
それは深みを釜のように沸き立たせ、海を、香油をかき混ぜる鍋のようにする。
それが通った跡には光が輝き、深淵は白髪のように見なされる。
地の上に、これと似たものはなく、恐れを知らないものとして造られた。
高いものすべてを見下ろし、誇り高い獣すべての王である。

ヨブ記　四十一章より

序章

その日、小さな怪物が叫んだ。

「コンビニに、いく！」

怪物の名前は、善波アシト。宮城県気仙沼市に住む、四歳の子供だった。

仁王立ちになって、炬燵に埋もれた姉を見下ろし、叫んだ。

「コンビニ！　いくの！」

姉は二回目の咆哮にしてようやく文庫本をめくる手を止め、じろりとアシトを睨み返した。

「いや」

怪物の要求がいつも通るとは限らない。むしろ、その願いのほとんどはかなわない。

ただ、アシトはわがままで、強情で、甘えん坊だった。

「グミ、かうの！」

コンビニで売っているぶどう味のグミが食べたかったのだ。そう思ってしまったのだから、あとは願うだけのこと。家から歩いて二十分はかかるコンビニである。アシトに一人で行く勇気はない。ならば、誰かについてきてもらうほかない。

　その日、共働きの両親は仕事に出ていた。家にいるのは三日前に中学を卒業した姉だけ。コンビニに同行させる相手は、彼女しかいなかった。とはいえ、アシトとしてはこれでも我慢した方だった。いつもならば幼稚園の預かり保育で夕方まで家に帰らないアシトは、姉がいるという理由で昼過ぎに帰宅。にもかかわらず、姉は居間の炬燵で本を読みふけり、話し相手にすらなってくれなかった。コンビニへの同行くらい、してくれてもいいではないか。

　しかし、姉は頑として拒んだ。

「いやだ」

「なんで！」

「クソ寒いから」

「さむくない！」

「あんたは寒くなくても、わたしは寒いの」

　分の悪い戦いだということは初めからわかっている。アシトにとって、この世で唯一思い通りにならないのが自分の姉だったのだから。

　過疎化の進む港町に生まれたアシトは、両親と近所の大人たちに甘やかされて育った。欲しいものを望むままに手に入れ、嫌なことはなんとしてでも拒んだ。そうして小さくとも立派な怪物となった。しかし一回りも歳の離れた姉だけは例外で、要求が通るかどうかは、彼女の気分次第だった。十回ごねても九回は拒まれる。そのうち五回は話さえ聞いてもらえない。

というのも、彼女はいつだって本を読んでいたからだ。食事中も、移動中も、ずっと紙を見つめていて、話しかけてくるなと顔に書いてある。もはや両親も口を出すのを諦めたほどだった。手足は細く、頬は病人のように白い。近所の人からは、本当に姉弟なのかと噂されるほどに、アシトと姉は似ていなかった。

二人は互いを好きではなかった。だが、無関心のままでいられるほど、善波家は広くはない。それに、怪物は好きな相手だろうが嫌いな相手だろうが、そんなことは気にせず我を通すものである。

「ねえね!」

アシトが姉の手から文庫本を奪い取ると、その瞬間、姉の目が見開かれた。そこに込められた炎のような怒りにアシトは思わず息を呑むが、姉はそれからゆっくり息を吐きだすと、ようやく炬燵から這い出てくる。そして、ぼそりと呟いた。

「……あんたは、怪物だよ」

外套を着こみ、姉と共に外へ出ると、幾千もの針のような冷気が頬を刺す。ただ、低くたれこめた曇り空は、陰に息をひそめた獣のように静かだった。

「雪降りそう」

姉が漏らしたその言葉通り、この時期に気仙沼で雪が降るのは珍しいことではなかった。そして、やはり姉の言葉通り、そんなクソ寒い日に、外に出るべきではなかったのだ。

二〇一一年三月十一日。

その日、怪物が暮らす街は跡形もなく消え去ったのだから。

アシトがコンビニから出たとき、それはまだ来ていなかった。

抜かりない暖房によって守られた店から離れると、たちまち姉弟は寒風に晒される。コンビニは道路一本を挟んで海岸に面した海沿いにあり、沖から吹き付ける風を遮るものは何もなかった。

しかし、そんな寒さなどアシトにとってはどうでもよい。今や、グミが手に入ったのだから。そして、アシトがコンビニを出てすぐグミを食べ始めても、姉は何も言わない。その点は、数少ない姉の好きなところだった。

アシトは砂浜を臨む縁石に腰を下ろし、グミを思う存分味わった。季節に関わらず、そこから眺める風景が好きだったのだ。砂浜を滑る白波や潮風にあおられるウミネコや、あるいは水平線に点在する船を見つめながら、ぶどう味のグミを食べることが何より好きだった。

姉も少し離れたところに座って、文庫本を取り出した。

「ねえね、たべる？　ひとつだけだよ？」

とアシトがグミを差し出すと、一瞬彼女はぽかんとして、それからグミを一個つまんだ。

姉は黙ったまま本を読み、弟は黙ったまま海を見つめた。

それからどれほどの時間が経ったのか。不意に、アシトは呟いた。

「うみ、にげてる」

姉は本をめくる手を止めて、顔を上げた。

まるで時を早回しにするかのように、波打ち際が異様な速さで後退していた。それはあたかも、目の前にあった海が、どこか遠くへ去ろうとしているかのようだった。

波打ち際が退くと、いつもは凪の日にしか見えない水底がむき出しになって、大きな貝殻や宝石のように丸く削られた硝子の破片が輝きを放つ。海岸に隠されていた宝が突然姿を現したようで、アシトは思わず砂浜に飛び出した。

「ちょっと待って！」

姉の切迫した声など、アシトの耳には入らない。見たこともないほど立派なヒレガイの貝殻が、怪物をさらに沖の方へと誘っていた。

「アシト！」

さらに一段低い水底へ降りようとしたとき、姉がアシトの腕を摑んだ。

「危ないから！」

「はなして！」

「だめ！」

まだ四歳とはいえ、華奢な姉の力ではアシトを止めるのも容易ではない。いつも無関心な姉が自分の邪魔をしてくることに、アシトの反抗心が煽られたせいもあるだろう。二人はもつれるように砂浜で互いを掴み、それから姉が足を滑らせた拍子にもろとも倒れ込む。感情の昂ぶりと貝殻の破片が散らばる地に手をついた痛みで、アシトはとうとうスイッチが入った。どうして姉はこんなに邪魔をしてくるのか。すぐそこに素敵なものが落ちているのに、どうしてそれを拾わせてくれないのか。その怒りと恨みが入り混じった熱い感情はアシトの涙腺を刺激した。そして今にも泣き叫ぼうとして、アシトが息を大きく吸い込んだその時――ピンポンパンポン！　と間の抜けた音が街から聞こえてきた。

「気仙沼市からお知らせします。ただいま、大津波警報が発表されました。予想される津波の高さは二十メートル。海岸付近にいる方は高台に避難してください。繰り返します。大津波警報が発表されました……」

そのアナウンスの大きさに、飛び出しかけたアシトの涙も引っ込んでしまう。姉は呆気にとられたまま、水平線の方へと視線を滑らせた。

「津波……？　揺れてないのに？」

津波が起きるためには、まず地震が起きなければならない。あるいは、地震に準ずる強い衝撃が発生しなければならないはずだった。しかし、アシトと姉が家を出てから、津波を予期させるようなことは何も起きていない。

「大津波警報が発表されました。予想される津波の高さは……」

警報は止むことなく、市民に退避を促し続けた。姉はアシトの手を今一度掴むと、道路に向かって歩き出した。

「いーや！」

アシトは姉の手を振りほどこうとした。まだヒレガイを手に入れていない。こんな素晴らしい宝を放っておいたら、誰かに盗られてしまうかもしれない。

しかし、アシトを引っ張る姉の力には有無を言わせぬものがあった。仕方なく諦めて歩きだすと、コンビニの駐車場に戻ったあたりで姉が立ち止まる。

「ねえね？」

姉は振り返って、海をじっと見つめていた。その横顔には、なぜか微笑みが浮かんでいたが、それは人があまりに当惑したとき、反射的に出てしまううっとりとしたような表情だった。たとえば、映画のスクリーンが突然引き裂かれたとか、一個の蛹から何匹もの蝶が這い出てきたとか、そんなものを目の前にしてしまった人の表情に似ているかもしれない。

姉の見つめる先には、黒い海があった。

泡立つ波頭も霞むような、黒々とした海が押し寄せていた。

「アシト、走るよ」

姉はそう言って駆けだした。四歳の歩幅のぎりぎりに合わせて、姉は一歩先を走る。アシトは何か大変なことが起きているのだと分かっていた。それはおそらく、とても恐ろしいことだということも感じ取っていた。しかしその時アシトの胸を占めていたのは、初めて姉が手を繋いでくれたことに対する驚きだった。彼女の手の細さ、そして指の冷たさだった。

街にはまだ道端で話をしている人々がいて、幾人かはアシトたちと同じように高台へと向かっていた。避難指示は絶え間なく繰り返され、それは徐々に切迫した声音に変わっていく。

「津波です！　ただちに高台に避難してください！　海岸には近づかないでください！」

だがすぐに、それは間違いだったと分かる。

海から来ていたものは、津波だけではなかったのだから。

周囲から突然悲鳴が聞こえたとき、アシトも姉も一旦足を止め、振り返った。すると、海岸線を乗り越え、街を呑み込み始めた黒い波の正体が目に飛び込んできた。

怪物だった。

それは、無数の怪物だったのだ。

竜のような頭と、蠢き絡み合う脚。そして、その全てが黒い鋼のような鱗に覆われている。まるで神話や伝説の絵本から飛び出してきたような、不可思議でおぞましい造形。そんな怪物が、数十、数百と束になって、街を襲っていたのだ。

気づけば、アシトは姉に抱きかかえられていた。彼女の細い四肢の、どこからこんな力が生まれるのかと驚くほど、姉は力強く走った。

　姉の肩越しに見えた家や電柱、車は全て、黒い波に押しつぶされた。怪物たちは街を噛み砕き、呑み込みながら、アシトたちを追ってくる。それは人間を襲う不条理が、逃れられぬ死という観念が、誤ってこの世界に受肉してしまったかのようだった。

　その死の怪物たちに、逃げ遅れた人々が一人、また一人と食われていく。アシトは姉にしがみついた。二つの身体が融け合い、二度と離れられなくなるのではないかと思うほど、アシトは姉の身体に縋った。姉の熱がアシトの肉に、姉の吐息がアシトの肺に、姉の鼓動がアシトの心臓に染み込んでいく。

「アシト」

　不意に、姉が口を開いた。荒く肩で息をして、何かを話す余裕がないことなど、誰の目にも明らかだったのにもかかわらず。

「あんた、重くなったね」

　姉は薄い唇を微かに歪めて笑っていた。アシトはその微笑を見つめて、そうか自分の姉はこんな風に笑う人だったのかと思う。

　姉はかつて、自分を抱きあげたことがあったのだろうか。

　その時の重みを、いまだに覚えていたのだろうか。

　姉との距離ができたのはいつからだったか、たった四年の人生の中でもアシトは思い出すことができない。

それはひどく悲しく、寂しいことだと、アシトは思った。

「アシト」

再び姉に名を呼ばれた時、突然足元から突き上げられるような衝撃がアシトを襲った。内臓が浮くような感覚の直後、全身が凍てついた水に包まれる。波に呑まれたのだ。

水面に顔を出すと、すぐ目の前に怪物がいた。大きさは十メートルほどか。触手にも見える長い腕が八本。その一つ一つが意志を持つかのように、波打ち、震え、水面にたたきつけられる。周囲を見回せば、まったく同じ形をした怪物が右にも、左にも、後ろにもいる。

「あ」

しかし、アシトが思わず声を漏らしたのは、怪物に取り囲まれた恐怖からではない。

すぐ目の前に一冊の本が浮いていたからだ。

姉が上着のポケットにしまっていた文庫本が、黒く濁った海水の上を漂っていた。アシトはとっさに身をよじり、それに向かって手を伸ばす。

それはきっと、姉にとって大切なものだと、自分にとってのぶどうグミのようなものだろうと、アシトは思ったのだ。姉の大切なものを守らなければ、と思ったのだ。

本は水の上で踊るように逃げた。波に押され、少し沈み、流される。

それからアシトは、小さな手の中にようやくそれを掴みとった。

そして不意に声が聞こえた。

「生きて」

振り向くと、そこに姉はいなかった。周囲にあったのは、黒い水と怪物だけ。

やがて、大きな波がすべてを呑み込み、アシトは気を失った。

暗い曇天から雪がちらつき始めたころ、アシトは山の斜面の岩と岩の間に引っかかっているところを発見された。低体温症で呼吸もほとんどできず、最初は死体と間違われたと、後から聞かされた。

避難所に運ばれ、意識を取り戻したのは三日後だった。サイズの大きすぎる誰かの服に着替えさせられ、たべかけのぶどうグミも、掴んだはずの文庫本も、なくなっていた。

周囲の人々は皆、「怪物」の話をしていた。

海から突然現れ、東北を含む環太平洋沿岸部を襲った未知の生物。それは戦車の砲弾さえも弾く堅固な外皮を持ち、対潜ミサイルを容易くかわす敏捷さを備えていた。気仙沼の沖合では、駆け付けた海上自衛隊の護衛艦が二隻、怪物に襲われて沈没した。

大人たちはそれを旧約聖書で語られる海の怪物になぞらえて、「レヴィヤタン」と呼んだ。

そして、二〇一一年三月十一日に起きたレヴィヤタンによる被害は《大洪水》と名付けられた。全ては我々に下された神の罰なのだと、そう思わなければ受け入れがたいほどに、その日の出来事は人知を超えていたのだ。

しかし、そんなことは四歳のアシトにはどうでもよかった。

頭にあったのは、ただ一つ。

姉と再会しなければならない、ということだった。

アシトは歩けるようになると、たった一人で避難所を回り、姉を捜した。その名を呼び、人に尋ね、再び歩いた。足にタコができても、どんなにお腹が空いても、姉を捜し続けた。瓦礫の中を、死体の間を、捜し続けた。ただひたすらに、心臓に染みついた姉の鼓動を頼りにして。

もうわがままは言わないから。

もう迷惑はかけないから。

お願いだから帰ってきて、とアシトは願った。しかし、姉は見つからなかった。その身体の一部さえも見つからなかった。

どれほど強く想っても叶わない願いがあることを、アシトは一歩進むたびに、一つ遺体を確認するたびに、知った。

そして、アシトは願うことを忘れてしまった。

こうして、善波アシトは怪物ではなくなったのだ。

第一章

気仙沼駅に降り立った時、風織ユアは疲れていた。

東京から一ノ関まで新幹線で二時間、大船渡線に乗り換えてさらに一時間半。長旅とはいえ、決して道中が退屈だったわけではない。ユアにとっては、電車による移動自体新鮮なものだったし、見知らぬ街にやってきたという事実も、少なからず気分を高揚させていた。

しかし、陸がこんなにもつらいとは。

矢のように過ぎ去る新幹線からの快適な眺めも、龍のように蛇行するローカル線の自然豊かな景観にも、ユアが目を向ける余裕はなかった。身体の底から沸き上がる吐き気と、途切れることのない耳鳴りに耐える三時間半。愛用のＭＰ３プレーヤーがなければ、気がおかしくなっていたかもしれない。今更ながら、陸路での赴任を命じた上層部の意地の悪さを思う。

しかし、ここまできてもまだ目的地は遠い。今度は車での移動が待っている。

がらんとした駅前のロータリーを見回すと、送迎車はすぐに見つかった。ドアに法螺貝のロゴが張り付けられた自家用車。なぜか我が物顔でタクシー乗り場に停車している。

ユアが窓ガラスを小突くと、居眠りをしていた壮年の運転手がのんびりと窓を下げた。

「あ、風織さんですか？　すみませんね、随分暖かくなってきたもんで、すやすや～っと」

まるで悪びれた様子もなく、運転手はにこにこと笑っている。ユアは黙って車に乗り込んだ。

「お荷物は大丈夫ですか」

「船で送ってありますので」

「なるほど、じゃあ出しますんで、シートベルトだけ、お願いしますね」

そう言って、運転手はエンジンをかける。

駅を出ると、車はしばらく山間の狭い道を走った。港町と聞いていたわりに海が見えないものだと思っていると、ちょうど視界が開ける。とはいえ、それは展望が良いというより、単純に視界を遮る建物が少ないというべきだろう。空き地も多く、建っている家やアパートもどこか新しい。まるで新興住宅地のようだ、と考えてようやく、ユアは一つの事実に思い至る。

ここは十一年前に壊滅した土地だ。レヴィヤタン——今ではレヴと呼ばれるようになったあの怪物の群れが、街のすべてを呑み込み、押しつぶし、海へ持ち去った。

東日本における《大洪水》の被害は世界的にも最も早いものだったために、何度もニュースで取り上げられた。海辺の街が黒い波に呑み込まれていく光景は、ユア自身その場にいたわけではないというのに、よく覚えている。

道端には色あせた幟がぽつぽつと立っていて、「がんばろう気仙沼！」という文字が緩やかな風に踊っていた。

「あれがねえ、壁ですよ」

　ふと運転手が口を開いた。彼が指さした地平線に白い線が見える。

「端から端まで、ずーっとです。港町なのに海が見えないんですから、不思議なもんですよ」

《大洪水》の後、気仙沼市の岸辺をなぞるようにして建てられた防壁堤。高さは十五メートル、全長は確か五キロメートル弱だったか。あの日以来、日本でレヴが陸まで接近した事例はないため、実際その壁がどれほど役に立つのかは分かっていない。運転手の言葉にも、どこか皮肉めいた響きがあった。

　ただ、それは役に立つから建てられたわけではないのだろう、とユアは思う。

　防壁とはかさぶたのようなもので、傷ができた場所には自然と生まれるものなのだ。人間と怪物は同じ世界で生きることはできない。二つの間には、どんな形であれ境界が必要になる。

「壁は人類が誇る発明です」

　ユアは独り言のように呟いた。運転手は「そうですかねえ」と曖昧に笑ってハンドルを切り、防壁堤は建物の陰に隠れて見えなくなる。

　街の中心から外れてしばらくすると、ますます空き地が目につくようになった。もはや十一年前の喪失は隠しきれていない。点在する家々に却って寂しい印象を受ける。

　しかし、ある時そのだだっ広い土地に、忽然と巨大な建物が現れた。

「もうすぐ基地ですよ」

「……あれが？　普通の校舎に見えますが」

「実際、高校だったんですから。この辺りじゃ、《大洪水》で唯一全壊を免れた建物ですよ」

近づくと、その建物の三階には打ち崩された壁面が見えた。十一年前の破壊を忍ばせるには、あまりに生々しい傷跡だろう。元校舎の隣には一回り大きな箱型の建物が建っており、海岸から水が引き込まれていることからも、船渠なのだと分かる。おそらく高校の昇降口だったであろう玄関には、「トライトン社日本支部気仙沼基地」という看板が掲げられていた。

ユアが車を降りようとすると、運転手が「あの」と何か言いよどむようなそぶりを見せた。

「いや、こういうのはいけないいんですかねぇ」

「……なんでしょう」

「サインとか……いただけます？　娘がね、ギデオンの搭乗者に憧れてまして。風織さんは国連軍のエースだってお聞きしましたよ」

そう言いながら運転手はドアポケットから一枚の色紙とペンを取り出した。突然のことにユアが固まっていると、

「……あ、お嫌であれば、全然」

「いえ……」

ユアは色紙とペンを受け取ると、おぼつかない手つきでサインを書き始めた。運転手は思わず気が緩んだのか、その間も話し続ける。

「もちろん私もね、感謝してるんですよ。皆さんが怪物から守ってくださるおかげで、この街は漁業やら貿易やらできているわけですから。搭乗者の方なんて皆私よりも若くて……自分なんかはボランティアみたいなもんですけどね。トライトン社で働いているっていうのが、娘は嬉しいらしいんですよ。私もギデオンに乗りたいって、いつも」

ギデオン。

人類が作り出した対レヴ人型兵器。それに乗ることができるのは、およそ二十歳までの子供のみ。世界を守るため戦いに身を投じる、若く尊き命。

自分もそう思っていた頃があったな、とユアは内心独り言ちた。

「……これ、どうぞ」

ユアから色紙を受け取ると、運転手はやはり曇りのない笑みを浮かべて頭を下げてきた。

「ありがとうございます！　いやあ、これは喜ぶだろうなあ！」

ユアはただ静かに頷いて、逃げるように車から降りた。

気づけば、基地の玄関には赤毛の女性が立っている。明らかに欧米系の顔つきだが、その口からは実に流暢な日本語が飛び出した。

「遠路はるばる、ご苦労様です。風織大尉」

「お出迎えいただき感謝します。フォスター局長」

ユアが敬礼をすると、相手はふと見惚れるような柔らかさで相好を崩し、

「アリソン、と。ここは民間ですから、そう肩肘を張らないで」

と言った。しかし、対するユアの表情はぴくりとも変わらない。

「指揮系統は平時から徹底すべきです」

「あら、さっそくお叱りですね。わかりました、お好きにお呼びください。この様子では大尉にはこれから沢山ご指導をいただくことになりそうだわ」

「……すみません、そういうつもりでは」

「指導官として出向していただくようにお願いしたのはこちらですから。気になさらないで。まあ、詳しい話は中でいたしましょう」

アリソン・フォスター局長はそう言ってユアを基地へと案内する。建物は外見だけでなく、内装も高校としての構造を残しているらしい。壁や柱の位置からは教室や廊下の名残がありありと見て取れた。ここがギデオンを運用する企業基地には到底思えない。

ユアは三階にある局長室に通されたが、そこからは延々と続く防壁堤と、その向こうに広がる太平洋が見える。しかしそれ以上に目を引いたのは、局長室の壁に貼られたぼろぼろの海図だった。黒い染みがいたるところにあり、三分の一ほどは破れている。

「十一年前から、そのままにしてあるの。ここは資料室だったそうよ。街に唯一残った、災害の記憶。それが抵抗のシンボルになるなんて、素敵でしょう?」

局長はユアの当惑を見透かすように、そう言って含みのある笑みを浮かべた。

「わたしたち民間はイメージ戦略がとても大切ですからね。地元の方たちに帰れと言われたら、仕事がなくなってしまう」

「……少なくとも、嫌われてはいなそうですね」

「嫌われるだなんてとんでもない。搭乗希望児童も多いんですよ」

「だから、私が呼ばれたと」

「ええ。大尉は話が早くて助かりますね」

局長がそう言ったところで、秘書がコーヒーを持って入ってきた。ユアは角砂糖を十個入れると、ほとんど砂糖の粒が溶け切らないうちに、ごくごくとコーヒーを飲み干す。

しかし、局長はそれに驚く様子もなく、ユアの前に資料を差し出した。

「こちらが、気仙沼基地に所属している子供たちです。大尉には彼らに指導を……主に戦闘訓練をお願いしたいと思っています」

「御社は民間支援とギデオン研究が主な業務と伺っていますが」

「ええ、ええ、これまではね。ただ、最近レヴの活動が活発化しているでしょう。警護業務の需要にも応える必要があるから、と上からの指示があったの」

局長はそう言うと、コーヒーカップを手に取った。

その間にユアは資料に目を通していくが、一人の搭乗者のページで手が止まる。

善波アシト。

満十五歳。

使用機体、四腕型。

平均同調率七十四パーセント。

二〇一七年よりトライトン社所属。二か月の試乗の後、地域復興支援活動に参加。

累計搭乗時間、

「……三千二百十九時間？　五年間で？」

思わずユアが口に出すと、局長がくすりと笑う。

「入力ミスではありませんよ。善波君は毎日数時間、ギデオンに乗っていますから」

「……ここまでの搭乗時間は、国連でもそんなにいません」

事実、七歳から搭乗訓練を行ってきたユアでさえ、二千時間ほどだった。

「お言葉ですが……労基に抵触しないのですか。対レ法が施行されたとはいえ、児童保護団体もうるさいのでは」

「労働ではありませんから。彼が乗っているギデオンには武装をさせていませんし、レヴとの戦闘は禁止しています。ギデオンの研究協力ということになっているの」

「では、三千時間も乗っていて、実戦経験がない？」

「ありませんよ。四年前の一件を除いてはね」

不意に、局長の目が神妙に細められた。善波アシトの次のページには、『当社所属研究機体と太平洋沖《大波(サージ)》との交戦に関する報告書』と題したレポートが始まっている。搭乗者(とうじょう)本人に限らず、事件関係者から聞き取った情報がずらずらと並んでいた。後ろの方には、事件の背景や行動分析(ぶんせき)の結果まで記載(きさい)してある。

「……今読んでも？」

「もちろん」

冒頭(ぼうとう)の概要(がいよう)によれば、交戦が起きたのは二〇一八年五月十二日。

場所は気仙沼(けせんぬま)基地から東に二百八キロメートル離(はな)れた日本海溝(にほんかいこう)近辺だった。

「これは」

顔を上げたユアに、局長は頷(うなず)いた。

「《九龍警護事件(カウルーン)》という呼び名の方が有名かもしれませんね」

有名も何も、ギデオンに関わる者であれば知らない方がおかしい。九龍警護(カウルーン)はトライトン社と同じく民間でギデオンを運用していたが、この事件をきっかけとして倒産(とうさん)に追い込まれることになった会社である。

原因は言うまでもない。

この事件では十五歳に満たない十一名の子供が命を落としたのだ。

二〇一八年五月十二日、その日、海原は鏡面のように静かだった。

空は晴朗、雲一つない。すべてが青で塗りつぶされたかのような世界で、一艘の小型船舶だけが白く輝いている。

うららかな日差しを甲板に浴びながら、第八共徳丸は停船していた。網は仕舞われ、船員の掛け声すら聞こえない。機関室から響く低いエンジン音がなければ、遭難船にも見えただろう。

船尾の縁に腰かけながら、善波アシトは本を読んでいた。そばに置かれたグミを一つ摘まんでは、ページをめくる。陽光はじんわりと背中を温め、時折頬を撫でる微風は心地よい。

やがてどれほど手探ってもグミがつかめなくなった時、アシトはようやく本から目を外して、袋が空になっていることを確認した。

「よく食うなあ」

前方から声をかけてきたのは巨漢の男。老いとはまだ無縁の快活な顔つきでありながら、赤黒く焼けた肌は漁師としての年季を思わせる。苅場ツグヒト、第八共徳丸の船長である彼は、そう言いながら新しいグミの袋をアシトに放り投げた。

「準備終わった？」

早速袋を開けながらアシトが尋ねると、船長は頷く。

「ああ、いつでも大丈夫だ。休憩は十分か？」

「うん」

アシトはグミを鷲摑みにして口の中に放り込むが、船長は苦笑するだけで何も言わない。その代わり、彼はアシトが読んでいた本に目をやると、

「最近の小学生は真面目だなあ」

と呟いた。

「俺が若いころは、皆スマホをいじってたよ。iPhone が馬鹿みたいに売れてな」

「……スマホ？　今でもゲームやってる子はいるよ」

「いや、ゲームじゃなくて、インターネットっていうのがあってな……レヴが出てくるまでは、もっと簡単に連絡が取れたんだよ」

「ふーん」

レヴの出現から七年、様々な電子機器や衛星技術が使えなくなったということは、アシトも知っていた。どうやら地磁気というものがおかしくなったと大人たちは騒いでいたが、アシトには《大洪水》以前の記憶はほとんどなく、こうして時折船長が話す昔話もピンとこない。

「無線は使えない、飛行機も飛べない、軍艦さえレヴに勝てない……ほんとギデオンが発明されて海運が復活するまで、人類は滅びるんじゃないかと思ってたよ。俺なんか、海に出るのが

生業だしな」

「滅びなくてよかったね」

「……他人事だなあ」

船長は再び苦笑するが、アシトは気にせず立ち上がり、船首の方へ向かう。

甲板の横には、一体のギデオンがしがみついていた。全長十メートルの対レヴ人型兵器。竜のような顎はレヴそっくりだが、体つきはどこか人間に似ていて、無数の触腕の代わりに、四本の腕が付いている。無機質な黒い装甲が張り付けられているが、その下には生き物じみた筋肉が見えた。ただし、胸の外殻は大きく開かれ、ぽっかりと穴を開けている。

その姿を見るたび、魂の抜けた怪物のようだ、とアシトは思う。実際、ギデオンはレヴの死骸から作られている。核融合炉の停止したレヴに外部電力を取り込む充電機関を埋め込み、無理やり動かしているに過ぎない。ギデオンの中に入り操縦する子供は、死体を操る魂だ。

「無理するなよ」

船長が声をかけてきた。アシトは小さく頷いて、怪物の胸に開いた穴の中へ潜り込んだ。

ギデオンの胸部にある制御殻は、腕を伸ばしてもぶつかることのない広々とした球体の空間で、そのいたるところが微かに発光している。

グミ、もう少し食べておけばよかったかも。

そんなことを思いながら、善波アシトは大きく伸びをした。殻膜が塞がり、完全な隔離空間になると、緩衝液が足元からせりあがってくる。墨汁のように真っ黒な水が首元まで達し、アシトの口に流れ込んだ。

息を吐きだし、緩衝液を肺にしみ込ませると、反射的に咽喉が痙攣した。ギデオンに乗り始めてもう一年ほどになるが、この液体呼吸だけは慣れない。

二回ほど息を吐いて落ち着いたら、目を開ける。とはいえ、黒く濁った液体のせいで、見えるものはない。制御殻の壁面はおろか、自分の手足すらもどこにあるのか分からない。ただ完全な闇の中に自分がぽかりと浮かんでいるような感覚だった。やがて、その「自分」の輪郭さえも曖昧になり、液体と肉体の境目が失われ、いっそ自分は黒い水そのものなのではないかという気がしてくる。

【起動】

そう頭の中で呟くと、不意に、アシトは水の流れを感じた。

自分の腰と足、それから四つの腕に触れる水。

ギデオンとの感覚接続はそこから急速に広がっていく。すれ違う魚たちの揺らめき、海底を這うエビの足音、海流の唸るような轟きが聞こえ、暗かった視界に光が灯る。目の前の船には心配そうにこちらを見つめる苅場船長の顔が見えた。

アシトは船から離れ、海中に沈む。無理に泳ごうとはせず、そのままゆっくりと五十メートルほど下降する。少し離れたところにはイワシの魚群が渦を巻いていて、まるで銀の鱗を持った巨大な獣が海中を闊歩しているように見える。

海底に降り立つと砂泥が舞い上がり、そこから桜色のアマダイの群れが飛び出した。

【あ、ごめん】

アシトは静かに海底を蹴り、今度は滑るように泳ぎ出した。

機体前部の吸水口で取り入れた海水はギデオンの体内で電磁推進により加速され、腕の先にある噴射口から吐き出される。その滑らかな加速は、まるで自分自身が海流になったかのような錯覚を覚えるほどだった。

しばらくして岩場の重なったところを見つけると、アシトは速度を緩めた。

そして、耳を澄ます。

透過性の低い海中では、聴覚の精度が視覚のそれに勝る。ギデオンから常に放たれている超音波の反響が音像となり、音が見えるのだ。

アシトの下方五メートルほどに、大きな岩の亀裂があった。その奥は少し空洞になっていて、隅には様々な堆積物が溜まっている。ただし、ギデオンが通るには少し亀裂が狭い。

アシトは第二左腕を背中に伸ばし、ギデオン背面に取り付けられていた電離態加速槍を取り出した。四本の腕で握ると、体から槍に電力が流れ込み、矛先が赤熱する。蒸発した海水が気泡を噴き出すが、アシトは構わず槍を岩に突き刺した。

ぬるっと粘土のように切っ先が入ったかと思うと、岩に大きな亀裂が走る。アシトは電離態加速槍をしまうと、大きく開いた入り口を蹴り崩して、空洞へと身を滑らせた。

すると、ガラクタの山がはっきりと見えてくる。歪んだ自転車の車輪、ひしゃげた鉄骨。もはや錆びて読めなくなったブリキの看板。気仙沼の海には《大洪水》によって流された様々な遺留品が沈んでいて、それをギデオンによって回収するのが、アシトの仕事だった。

遺留品にはどれも海草やフジツボが付いていていて、小魚たちの隠れ家になっている。七年の間に、それらはもはや海の一部となってしまっているのだ。

【お邪魔します】

そう呟いて、アシトは腕を伸ばした。第一右腕と第一左腕が、それ自体意志を持つ生き物のように、瓦礫の解体を始める。めぼしいものがあれば第二右腕に抱えた網の中に放り込み、それ以外は元の位置に戻していく。

回収作業の間、もはやアシトは何かを思うことも考えることもない。

海に潜り、瓦礫を見つけ、崩し、浮上する。ただそれを繰り返すだけのこと。この広い海で、これまでどれほどの遺留品を掬い上げ、この先どれほどの遺留品を見つけるのか、アシトには分からない。

回収を始めたころは、視界の端に白いものがよぎるたび、ギデオンの腕が止まった。遺留品の対象には、当然遺骨も含まれていたからだ。しかし、それは大抵蟹の死骸か魚の骨、あるいは貝殻だった。ばらばらになった人間の一部を見つけるには、この海はあまりにも広く、そしてもはや見分けがつかないほどに多様な骨が眠っている。

　ふと第二左腕に何かが触れた。

　見てみれば、一匹のタコが絡みついている。瓦礫の中にあった住み処を壊してしまったからか、それとも単なる好奇心か、それはギデオンの指にしがみつき、離れようとしない。

【邪魔しないでよ】

　と言いつつも、少しだけアシトの独り言は明るい。

　第二左腕に絡みついていたタコはギデオンの肩口に移り、腰の方をめぐって、今度は第一右腕に移動する。まるで手乗りの鳥と戯れるように、アシトも一時作業を止めて、タコの優美な泳ぎに魅入った。

　しかし、そんな楽しい時間は長くは続かない。背後からヨシキリザメが現れたのだ。タコは墨を吐いてギデオンから離れるが、その黒煙をかいくぐりサメが食らいつく。タコは八本の腕で相手を締め上げるが、サメは動じなかった。タコを揺さぶり、より深く歯を差し込む。タコとサメは一つの塊となって、アシトの前でぐるぐると回転した。やがてその速度が落ち、タコの腕がふわりと力なく漂うと、サメはタコを咥えたまま、静かに去っていく。

　あたりに、再び静寂が戻った。

　ギデオンはぴくりとも動かない。まるで彫像にでもなったかのように、中途半端に崩された瓦礫の前に浮かんでいる。

アシトはタコが食われる様を見て、驚いたわけでも、動揺したわけでもなかった。何かが食い、何かが食われるのは、海では当たり前のこと。捕食の場面に立ち会うこと自体、決して珍しいことではない。

ただ、こういう時、アシトの頭には一つの問いが浮かぶ。

タコか、サメか、今の自分はどちらにいるのか？

怪物のような兵器に乗り込みながら、沈んだ遺留品を漁ることしかできない自分は——……


【Mayday! Mayday! Mayday!】

アシトの考えを断ち切るように、突然、誰かの通信が聞こえた。脳髄に直接響くような、強烈な《声》。位相共役波による通信が、遥か遠方のギデオンから放たれている。

【Kowloon! North Pacific! Raid of Leviathan! Level, Surge! Mayday! Mayday! Mayday!】

Mayday。メーデー。それは救援要請を求める合図。

つまり誰かがレヴの襲撃を受け、助けを求めているということだった。

アシトは通信チャネルを開くと、水上で待機する第八共徳丸に繋いだ。

【船長、聞こえてる？　今のって……】

「ここから数百キロ離れた沖合で、民間船が襲撃を受けているみたいだな」

ギデオンからの受信を常に開いているからか、やはり共徳丸にも救援要請は届いていたらしい。しかし、アシトが気になったのは船長の声が思いのほか暗いことだった。

「相手は《大波》だ。九龍警護が二分隊ついているらしいが……」

船長は明言しなかったが、状況は苦しいということだろう。なぜなら、《大波》とは数百のレヴの群体を意味するからだ。十数のギデオンで太刀打ちできる相手ではない。

【でも、国連軍の救援があれば大丈夫でしょ。東京からならすぐだし】

「間に合えば、な」

【……どういうこと？】

船長はしばらく黙っていたが、アシトが待ち続けていると、大きな溜め息が聞こえた。

「通信の最後、既に護衛の三分の二が死んだと言っていた」

三分の二。一分隊が通常六体のギデオンから構成されることから考えれば、八人の搭乗者が死んだということになる。

自分と同じような子供が、八人も。

怪物の波に襲われて。

あの日と、同じように。

気づけばアシトは網を手放し、大きな砂埃を巻き上げて海底を蹴っていた。

「おい、アシト」

返答がないことに違和感を覚えたのか、船長から咎めるような声がかかる。アシトはそれを

無視することもできたのだが、結局一瞬動きを止めると、

【行ってくる】

と呟いた。すると船長の慌てふためく声が届く。

「おいおいおい、何、ふざけたこと言ってんだ。お前が行ったところで何になる？」

【注意を引くくらいなら、僕にだってできるよ】

「経験もないやつが馬鹿言うな。そもそもトライトン社の許可だって下りない」

【子供の命がかかってるのに、そんなの待ってられないでしょ】

「お前だって、まだ子供だろう！」

船長から止められることはアシトも分かっていた。あるいは誰に聞いたところで、この状況で戦闘許可を与える大人など、一人もいなかっただろう。

だが、自分を力ずくで止められる大人がいないということも、アシトは分かっていた。

この海では、ミサイルも機雷も、大人たちの兵器は何一つ役に立たない。ギデオンだけが、レヴに対抗できるのだ。すべての最終決定権は、戦場で命を懸ける子供にある。

【船長は避難してて。もしかしたら、レヴがこっちに来るかもしれないし】

「おい！　聞いてんのか、アシト！　もう手遅れなんだ！」

確かにギデオンの自泳速度では到底、救出に間に合わない。だが、槍に乗れば。

【まだ間に合うよ】

アシトは背中の電離態加速槍を取り出すと、箒にまたがる魔女のように、槍にぴたりと体を添わせた。

【電離態加速槍、展開】

アシトが呟くと、槍の穂が花弁のように開き、発熱を始める。

電離態加速槍は穂先からプラズマ気泡を発生させ、超空洞効果によって水の摩擦を下げる。ギデオンのような巨体でも、音速での移動が可能だった。

「アシト……」

船長のどこか懇願するような声が耳に入る。しかし、アシトは既に加速を始めていた。もう止めることはできない。

【ごめん、船長】

アシトはそう呟いて、通信を切った。

「コーヒーのお代わりはいかが？」

局長に言われ、ユアは資料から目を上げた。既に新しく淹れられた一杯が、テーブルに供されている。ユアが再び大量の角砂糖をコーヒーに投入していると、局長がうかがうような眼差しを向けてきた。

「随分と真剣にお読みになるのね」

「非常に細かく書かれているもので、つい。……ところで、この添付写真はなんですか。白い粒が一つだけ……」

「人間の奥歯ですよ。それは事件当日、善波君が回収していた遺骨の一つね」

「遺骨……」

「風織大尉はご存じかしら。気仙沼の海には、《大洪水》で行方不明になった人が二千人以上も沈んでいるの。もちろん、バラバラになっているかもしれないし、そういう風に一部しか見つからないことの方が多いでしょうね。しかし、確かに、見つかる。善波君は当時、それを毎日捜していたのよ。潜って、海底を漁って、骨を捜していた。写真を載せているのは、彼が行っていた作業がどういうものか、具体的にイメージするためよ」

「……正直、これを見たところで彼の心理状態は測りかねますが」

「分からないからこそ、少しでも多くの情報を集めたの。その報告書は同じような暴走を防ぐために作られたのですからね。……実際のところ、わたしたちは首輪もつけずに猛獣を飼っているようなものでしょう？」

「……」

「ギデオンはレヴと戦う上で数少ない有効手段でありながら、実に不安定な運用を強いられているのが実情です。まだ法律の存在さえ知らないような子供たちに、銃よりも恐ろしい兵器を持たせている。よりにもよって、倒すべき怪物の死骸を利用してね」

二〇一一年にレヴが現れ、ギデオンという対レヴ兵器が中露で開発されたのがその二年後。それを追うようにして欧米圏でもギデオンが造られ、今では国の監視下で民間利用も広まりつつある。レヴによる海運の閉鎖は世界経済の大動脈が止められたようなもので、その血流を回復させるために、人類は倫理やリスクを捨て置いてギデオンという技術に縋ったのだ。子供が怪物の死骸を操って戦うなど、《大洪水》以前ならば、あまりに非現実的な話だったに違いない。

局長は淡々と言葉を続けた。

「反抗期の兵器なんて、兵器たりえない。でも、大人にはギデオンが動かせない以上、子供たちに頼らざるをえないのも事実です。だからこそ、わたしたちはあなたのような優秀な猛獣使いを必要としているの」

「……私もギデオンに乗っていますが」

「大尉の心はもう大人でしょう？」

局長は含みのある微笑を浮かべ、ユアの瞳を見つめてきた。

「どうでしょうか。まだ十七ですから」

ユアはお菓子のように甘いコーヒーを一気に飲み干すと、再び資料に目を落とす。いよいよ交戦に関する記録が始まるところだった。

ただ、どうしてかユアの脳裏にはちらちらとさっき見た歯のイメージがよぎる。

たった十一歳の少年が、遺骨を捜して毎日海に潜る。

それを悲劇と言わず、なんと言うのか？

ユアにはやはり、分からなかった。

◇◇◇

戦場へたどり着くためには、耳を凝らすだけで十分だった。

コンテナ船が無数の怪物たちによって捻じ曲げられ、けたたましい破壊音を上げている。大きく鈍重な金属の身体を持つ獣が、小さくも獰猛な怪物によって貪られる惨劇。そこに鳴り響く悲鳴と咀嚼音に向かって進むだけで、よかったのだ。

むしろアシトが気になったのは、数百メートルにまで接近してもなお、ギデオンの《声》が聞こえないことだった。最初の救援要請から十分も経っていないというのに、ギデオン同士だけが変換可能な《声》による通信も、通常の短波を介した通信も一切が沈黙。まるで人の気配がない。

アシトが電離態加速槍を収束させ速度を落とすと、制御殻に届く音像の解像度が急速に高まっていく。遠方に蠢くのは、トクン、トクン、と人間の鼓動に似たリズムで繰り返される金属音。

疑似鼓動音だ。

レヴから放たれるその響きは、否応なくあの日の記憶を蘇らせる。アシトがこの世で初めて失うということを知ったあの日。世界がどれほど頑強で、自分がどれほど脆弱かを知ったあの日。

本当に、レヴがいるのだ。

そう思った途端、アシトは急に全身が総毛立ち、強張るのを感じた。音像をかき消すような強さで、アシトの心臓が脈を打つ。黒い緩衝液に包まれているはずなのに、それでもアシトは背中に汗が伝う錯覚を覚えた。自分が限界まで引き絞られた一つの弓となり、解放の寸前で踏みとどまっているような気分。あとは、ただ狙いを定めるだけ。

アシトは耳を澄ました。気の昂ぶりと共に、音像がさらに精度を増していく。根源的恐怖を掻き立てる、禍々しい腕と竜のごとき頭部。滑らかな鱗、肉のうねり。そして、同形の怪物たちが集まり生み出される、巨獣のごとき群体。

そのどこに矢を突き立てれば良いのか。

いや、悩むまでもない。どこを撃とうが、怪物には当たるのだ。

自分の命がたとえあと数分だったとしても、怪物を一匹でも殺すには十分だろう。

アシトは身体がますます緊張していく一方で、内心では心が静まるのを感じていた。そこに恐怖が入り込む余地はなかった。ただ、心からの安堵だけがある。

なぜなら、今度は逃げないで済むのだから。

たとえ自分がどうなろうと、後悔をしないで済むのだから。

【今行くよ】

アシトは無意識に、そう呟いていた。

そして、矢が放たれる。

アシトの乗ったギデオンは、弾けるように水を蹴り、レヴの軍勢に突っ込んだ。勢いを殺すことなく、そのまま一体の怪物の胸に電離態加速槍を突き通す。

レヴの肩峰から引いた水平線と正中線の交わる位置、そこに炉核と呼ばれる核融合炉がある。その動力部を破壊すれば、怪物はその偽物の鼓動を停止する。

一撃即殺。

アシトは動きを止めたレヴから電離態加速槍を引き抜くと、すぐさま次のレヴにそれを突き立てた。

即殺。即殺。即殺。

槍を突き刺し、息を継ぐのも忘れて、アシトは怪物を屠る。炉核から狙いが外れれば電離態加速槍を放電し、横薙ぎに振り払って炉核を裂く。

周囲には、散り散りになったレヴの黒い肉片が漂った。レヴも、そしてその死骸から造られるギデオンも、その体組織は共生晶質蠕虫という微小な金属生命から構成される。海中でバラバラになったワームは怪物から流れ出た黒い血のように見えた。

そして、当然ながら血を流すのはレヴだけではない。次々に敵を殺していく一方で、アシトの乗るギデオンも少なからず傷を負っていった。相手は死も恐れずギデオンにつかみかかり、噛みついてくる。レヴの腕がギデオンの腹部を削り、右足を食いちぎると、周囲には夜が滲みだすように、黒い血が広がっていった。

いくらギデオンが傷つこうが、アシトは痛みを感じない。ただ、金属でできた肉体同士がぶつかり合う、つんざくような反響音に意識が吹き飛ばされそうになった。音像による感覚が後退し、視覚情報が表面化すると、いよいよ混沌とした戦況が現れる。アシトという一石が投じられたことでレヴの統率は乱れ、動揺しているように見えた。

アシトは海面からゆっくりと降り沈むコンテナ船の残骸を盾にしながら、一体ずつ確実にレヴを仕留めていく。反撃を受けても、致命傷だけは避ける。守るべきは槍を摑む手と制御殻、そしてほとんど空っぽになった己の炉核のみ。肉を削がれた部分からは、骨のような鋼がむきだしになっていた。

ギデオン。

それはヘブライ語で破壊者を意味する。

この時、アシトはまさしくギデオンだった。ただ、レヴを破壊するためだけに動く。破壊できれば、それでいい。視界の左端に表示された残存電力を示すインジケーターはほとんど消えかけていた。活動限界が近づくにつれ、制御殻の視界が明滅を始める。突然周囲の音が遠のき、身体の駆動も緩慢になった。

しかし、それでもアシトは槍を振るった。

狙いを外した穂先がレヴの胸部に刺さる。その隙をついて、レヴの腕がギデオンの頭部をちぎり飛ばす。視界が消え去り、ふたたび聴覚をベースにした感覚に切り替わると、疑似鼓動の聞こえる方向に第一右腕を突き立て、炉核を握りつぶした。

レヴが絶命する。しかし、すぐさま次のレヴが背中に襲い掛かる。電離態加速槍を握る第一左腕は手首ごと食いちぎられ、腕を叩きつけられた制御殻が激しく揺れた。

緩衝液に鉄の味が混じっている。どこか身体が出血しているのだろう。しかし、アシトはそれでもかまわずレヴの頭部を掴み、そのまま強引に引き裂いた。

直後に再び強い衝撃がアシトを襲い、一瞬肺が押しつぶされる。制御殻に亀裂が入り、耳元でガラスを砕くような鋭い音がアシトの脳を突き刺した。

そして、ぷつりと音像が止む。

全てが暗闇に戻っていき、体を動かすことができない。

限界が来たのだ。電力が尽きた。ギデオンの炉核はレヴのように無限ではない。怪物の止まった心臓を、無理やり電気で動かしているに過ぎない。

レヴが制御殻を壊そうと猛打しているのか、外側から絶え間ない衝撃が襲う。アシトは緩衝液の中で何度も壁に打ち付けられ、全身に痛みを覚えた。おそらく手も足も、肋骨も折れているだろう。

だが、それがどうしたというのか。

あの日、波に呑み込まれた姉は、身体を守る鎧もなしに、怪物の波に呑み込まれたのだ。あの細く、軟な体が、鉄と水の濁流に呑み込まれたのだ。

馬鹿で、わがままで、愚かな弟を見捨てなかったせいで。

彼女は死んでしまったのだ。

【死ねば……よかったんだ】

アシトは薄れゆく意識の中で呟いた。

【……僕が……死ねばよかったんだ】

レヴの攻撃がふと止むと、制御殻は静寂に満たされる。暗闇の中で、ただアシトの鼓動だけが響いていた。

これでいい。

これで、ようやく姉のもとへ行ける。

彼女に会ったら、謝らなければならないのだ。

あの日、自分がわがままを言わなければ、姉さんは外に出なかった。暖かい家の炬燵の中で、いつものように本を読んでいただろう。数か月後には高校生になって、新しい日々が待っていただろう。全てを台無しにしたのは、僕だった。

僕だったのだ。

【ごめんなさい……】

アシトがそう呟いた時、微かに制御殻に光が灯った。出血による眩暈かと思ったが、違う。

とくん、とくん。

微かな心音に合わせて、音像が波打つ。

とくん、とくん。

大破し、沈みかけたコンテナ船の船倉に、小さな心音が隠れていた。

誰かが、まだ生きている……？

そう思った途端、暗闇に溶け出していたアシトの意識が急速に形を取り始めた。忘れかけていた痛みと共に、全身の感覚が連結されていく。

どくん、どくん。

制御殻に響くのは、力強い鼓動だった。

どくん、どくん。

まるで、あの日染みついた姉の鼓動のように、アシトの心臓が高らかに鳴っている。

【……くそっ】

誰かがまだ生きているのなら、諦めている場合ではない。

このままでは、姉に合わせる顔がないではないか。

果たして機体のどこに電力が残っていたのか。アシトの想いに引きずられるようにして、ギデオンがかろうじて水を蹴った。鼓動の聞こえる方向を目指してゆっくりと近づいていく。

もはや戦うことも、身を守ることもできない。レヴが再び襲いかかり、アシトのギデオンを痛めつける。残るのは第二右腕と左足のみ。制御殻も剝き出しになっていた。

しかし、レヴの軍勢を刺激することも構わず、アシトは生存者に向かって呼びかけた。

【死なないで】

頼むから、生き延びてくれ。頼むから、諦めないでくれ。お願いだから。

アシトが見つけたのは、腕で足を抱え込むように丸まったギデオンの姿だった。いわゆる防御姿勢と呼ばれるそれは、移動、抵抗の一切を放棄して搭乗者を守るためのもの。にもかかわらず、その機体にはレヴによる傷痕が生々しく、裂かれた肉の間から制御殻の一部ものぞいている。ギデオンが、食い荒らされた肉塊のような姿で、船の残骸の隅に紛れていたのだ。

アシトはそれを腕の中に抱え込むと、全身を強張らせる。自分自身が大きな殻となったかのように、制御殻を包み込んだ。

レヴたちは、耐えるばかりとなったアシトに噛みつき、肉を引き裂き、揺さぶってくる。壁に打ち付けられ、出血は増え、アシトはいよいよ意識が遠のき始めた。

歯を食いしばり、たとえ死んでも制御殻を手放すものかとアシトは痛みに耐える。

その時脳裏に蘇ったのは、やはり七年前のこと。瓦礫で膝をすりむき、足裏の皮がはがれても、歩みを止めることを知らなかったあの日々。全てが壊された世界で、無数の死体の中から姉の姿を捜し出そうとしたあの日々。

平気だ。全然、平気だ。

諦めても諦めなくても、自分には苦痛しかないのだから。

もはや折れる心などない。

アシトは息を止めた。ギデオンの損壊ではなく、アシト自身の肉体の限界によって、あらゆる感覚が遠のいていく。

ただ一瞬、白い光が全てを貫いて、声が聞こえた。

生きて。

その声は眠ろうとするアシトの意識に絡みついて、もはや永遠に離れそうにない。

善波アシトは《大波》と接敵した一時間後に、遅れてやってきた国連軍によって発見された。《九龍警護事件》における生存者は、善波アシトと彼が最後に守り切った搭乗者の二名のみ。十一名もの犠牲を出したこの一件は、子供を危険にさらすギデオン運用の実情を世に改めて知らしめることとなった。とりわけ九龍警護と違法な人身斡旋業者との繋がりが明らかになると、民間ギデオン会社に対する規制や救援システムの構築を求める声も大きくなり、海上人命安全条約の改正や各国の対レヴ関連法——対レ法制定に向けた機運が高まった。ただし、過熱する報道からプライバシーを守るため、善波アシトがその場にいたという情報は徹底して隠蔽されたらしい。

「……どうかなさって?」

ふと局長に声をかけられ、ユアは自分がひどく顔をしかめていたことに気づく。

「いえ……こんな経験をしてもなお、彼は乗り続けているのだな、と」

履歴書を見る限り、彼は家族を二人、《大洪水》で失っている。二度もレヴによる地獄を味わいながら、今なおギデオンに乗っているということは、にわかには信じがたい。

すると局長はどこか言い訳をするような口ぶりで言った。

「彼自身が望んだことですから」

「だとしても、彼は業務規程に違反しているわけですから、処罰対象になったのでは？」

「もちろん社内で議論はありましたよ。しかし善波君の起こした問題以上に、彼の貢献が大きかったの」

局長の口元に、再びどこか含みのある笑みが浮かぶ。

「善波君は気仙沼基地の重要なヒーローです。毎日海に潜って遺留品を拾っていた彼の活動が、地域と基地の関係向上に寄与したことは否定できません。たとえば、大尉も写真をご覧になった、あの歯に関してもそう。あれは《大洪水》で行方不明になっていた男性のものだったけれど、その奥様はずっと遺体を捜していらっしゃった。だから、たった一本の歯でも、ようやくあの人と再会ができたと、すごく喜んでくださったのよ」

「つまり、彼もまた、抵抗のシンボルだと」

ユアは今再び、壁にかけられたボロボロの海図を見つめなおした。既に修復の施しようがないほどに傷つき、汚れてしまったそれは、きっとこの先もこの部屋に飾られ続け、街の過去とレヴに対する抵抗への希望を背負い続けるのだろう。かつてそれが担っていた学生への教材という役目には、二度と戻ることがない。それは果たして、幸運と言えるのか。

トライトン社は善波アシトを猛獣扱いしておきながら、やはりそれが客寄せになることをよく分かっているではないか。

　しかし、ユアはその言葉をなんとか飲み込むと、言った。

「……いずれにせよ、私は命じられたことをするまでです」

「期待していますよ、風織大尉」

　局長が改めて差し出した手をユアはそっと握り返した。その節くれだった手は薄く乾いた皮膚に覆われていて、ユアはなぜか枯れ枝を握り締めるような不快感に襲われる。

　局長はユアの手を離すと立ち上がり、言った。

「では、基地をご案内しましょう。子供たちはもう帰っているでしょうけど、彼はいるかもしれないわ」

「……彼？」

「善波君ですよ。彼はいつもギデオンに乗っていますからね」

　グミ、もう少し食べておけばよかったかも。
　そんなことを思いながら、善波アシトは大きく伸びをした。
　高校生になった今、かつてよりは手狭な印象になったとはいえ、それでも制御殻に手がぶつかることはない。

アシトのギデオンは基地の船渠にある巨大な水槽の中で、他の機体と共に並んでいた。浮桟橋にしがみつくような固定姿勢をとり、腰から下を水に浸している。既に他の搭乗者たちは帰宅していたが、アシトはしばらくギデオンから降りる気はなかった。制御殻の中で、何をするわけでもなく漂う時間が好きだったのだ。感覚入力はほとんど切り、視界は完全な闇。もちろん手足も動かさない。停止したギデオンと一つになるように、自分も限りなく静かに浮かぶ。

今日の業務は養殖場の警備、という名の単なる自由水泳で、疲れるようなことは何もしていない。海流も穏やかで、ほとんどの時間はブリの遊泳を眺めているだけだった。

しかし、それでも三時間ほど搭乗していると、なんとなくエネルギー不足を感じる。意識の端がぼやけるような、黒い緩衝液の中に自分が融け込んでいくような感覚。放課後にコンビニに寄り道して買った新発売のグミが値段の割に量が少なく、腹持ちが悪かったせいだろうか。やはり信頼できるのはロングセラーに限る。

そんなとりとめもないことを考えていると、ふとフォスター局長の声が聞こえた。

「こちらが船渠よ。直径五十メートル、水深は三十メートル。訓練場も兼ねていて、ギデオンの自己修復用に新鮮な海水が入るようになっています」

ギデオンは聴覚補助に優れているために、普通の人間であれば聞き漏らすような音も拾ってしまう。船渠に響く足音は二つ。局長は誰かを案内しているようだった。

アシトはゆっくりと制御殻と感覚を繋ぎ、視覚を同調させる。すると、やはり水槽の縁に局長と少女の姿が見えた。

アシトはすぐに、あれが国連から来た指導官か、と思い至る。最近、他の搭乗者たちは、暇さえあればどんな人が来るのかという話で盛り上がっていた。指導官と言っても、ギデオンの搭乗者であればそれほど歳は変わらない。教室に転校生がやってくるようなものだろうか。

アシト自身、昨日、半自律機動船に乗ってきた彼女のギデオンを見て少し興味が湧いていた。

それは、血のように深い紅の六腕型だったのだ。

アシトは覚醒色の機体を見たこともなければ、六腕型も初めてだった。双腕型の搭乗者からは四腕型を操る感覚が想像できないとよく言われていたが、アシトも六腕型を見て、ようやくその気持ちが分かったような気がした。二本の腕しかない人間が、六本腕の兵器をどうやって操縦すると言うのか。

見たところ、指導官の少女はやや背丈が高いことの他は、取り立てて変わった様子もなかった。当たり前だが、腕が六本あるわけではないらしい。

彼女は浮桟橋に固定されたギデオンを見つめ、呟いた。

「あそこに並んでいるのが、全てですか」

「ええ。子供たちは帰ってしまったようですけど、もしかしたら休憩室に何人か――」

「機体を近くで見ても?」

帰ろうとした局長を引き留める形で少女が尋ねる。

「それは、かまいませんが……」

訝しむ局長を差し置いて、少女は浮桟橋の方にやってきた。アシトは制御殻から出るタイミングを完全に失ってしまう。外からはアシトがギデオンに乗っていることは分からないため、盗み聞きのような形になってしまうが、今更申し開きをするのも面倒だった。ここは居留守を貫こうと腹をくくる。

少女はゆっくりと歩きながらギデオンを眺めていたが、アシトの四腕型の前で足を止めた。そして、じっとアシトの方を見つめると、ほとんど睨むような表情で微動だにしない。ギデオンを見つめているはずだが、アシト自身が見透かされているような心地がする。

その鍛え上げた鋼のごとき眼差しは、不意に姉の瞳を思い出させた。

「善波、アシト……」

少女はぽつりと呟いて、ギデオンの手に触れてきた。

とくとくとく、と、彼女の鼓動が聞こえる。それは意外なほど軽やかで、弾むような響きだった。まるで今にも踊り出しそうなほど、楽しげに鳴っている。

それから彼女は、確かに微笑んで、こう言った。

「君は、怪物だな」

その言葉の真意は分からない。ただアシトはそのあまりに懐かしい響きに、胸を刺されるような痛みと温もりを覚えた。一瞬、本当に自分の胸から血が出ているのではないかという気がして、手を伸ばすと、自分の心臓があまりに熱く、速く、高鳴っていると気づく。

少女は局長に連れられて船渠を出て行った。制御殻の感覚が切断され、再び静寂が訪れても、アシトの鼓動は収まらない。少女の声、少女の微笑みが闇の中から浮かび上がって、そのたびに胸が疼く。

心臓が壊れてしまったようだ、とアシトは思う。

しかし、なぜかそのことがたまらなく心地よい。

第二章

昼休みが始まった途端、教室は蛇の鳴き声で満たされた。

しゃっ、しゃっ、というその若干耳障りな響きは、生徒一人一人の机に備え付けられた有線ケーブルがリールから引き出される時の音だ。学生たちは休み時間が始まるやいなや携帯電話を取り出し、防磁有線に繋ぐ。ケーブルの形と、それを引き出す時に出る音から、アシトの通う高校では、携帯の有線通信を使うことを「蛇に咬ませる」と言った。

そして、今日も今日とて、無数の携帯が蛇に咬まれている。校舎内の有線通信が使えるのは昼休みと放課後に限られるため、誰しも寸暇を惜しんでＳＮＳやゲームをするのだ。ほんの数年前は地磁気の乱れによってＩＴ革命は終わったと言われていたが、防磁処理を施した有線通信網の普及によって状況は変わった。高校生にもなれば誰もが携帯を持ち、蛇に咬ませている。

一年一組の教室で、机の上に携帯がないのはアシトぐらいだった。代わりに置かれているのは、ペットボトルのお茶一本とメロンパン、それからグミ三袋。アシトがグミの袋に手を伸ばそうとすると、目の前から深い溜め息が聞こえる。

「……善波はさぁ、少しは栄養のバランスとか考えねぇの？」

前の席に座る芝崎サトルが、げんなりとした顔で見つめてきた。

「毎日グミ食ってんじゃん」

「芝崎だって毎日お米食べてるでしょ」

「そりゃあ、米はいいんだよ。一緒にするな」

「メロンパンも食べてるし」

「グミを食いすぎだって言ってんだよ」

毎日、拳よりも大きな塩むすびを三個平らげている大食漢に言われたくはない。しかし、アシトはそれ以上言い返そうとはしなかった。席が近いこともあって入学式以降よく話しかけられるのだが、この芝崎という男は、身体もデカいが声もデカい。議論でもしようものなら、すぐに余計な注意を引いてしまう。

高校生になって二週間、アシトの方針は明確だった。できるだけ静かに、穏便に学校生活を営むこと。ただでさえ中学時代と比べると帰宅時間が遅くなり、ギデオンに乗る時間が減ってしまうのだ。昼間はできるだけ省エネに生きなければならない。

「善波って、何か楽しいことあるわけ？　部活もしなけりゃ、ゲームもしないんだろ。おまけに飯はグミだし」

「グミは好きだから食べてるんだけど」

「それは、そういうことにしておいてやるけど」

「……」

「なあ、俺は心配してんだよ。善波が寂しい高校生活を送るんじゃないかって。だからやっぱり、どこかの部に入った方が」

「今日の部活の新歓が一人で不安なら、他を当たって」

「善波ぃ～！」

一際大きな悲鳴にクラスメイトの視線が集まった。小さな忍び笑いが聞こえてきて、溜め息を吐かずにはいられない。

アシトはグミの袋を開け、無造作に数個摑んで口に放り込むと、机の中から文庫本を取り出した。読書をすれば暗に会話を拒んでいることが伝わるかと思いきや、

「お、岩波文庫じゃん！」

この芝崎という男、全然めげる気配がない。案の定、アシトが黙っているにもかかわらず、べらべらとしゃべり続ける。

「俺も結構読むんだよ。漱石とか、カミュとか。やっぱりこういう時代こそ文学が染みるっていうかさあ。善波は何が好きなんだ？　その、今読んでるやつは？」

「僕は特に好きなのとかないけど」

「好きでもなきゃ、そんなの読まないだろー」

「習慣、みたいな？」

なんだそりゃ、と米粒を飛ばしながら芝崎が顔をしかめる。

「ほんと、変なやつだなあ、善波は」

「ごめん」

「いや、謝んなよ」

　実際のところ、アシトは本当に申し訳ないと思っていた。芝崎は明るく社交的で、孤立しているクラスメイトに声をかける優しさも持ち合わせている。だからこそ、そういう人間が相手をするには、あまりに自分はつまらない人間なのだ。放課後はすぐにトライトン社に向かい、世間一般の流行りや娯楽にもひどく疎い。趣味と言えそうな読書でさえ、ほとんど惰性とコミュニケーションの回避からくるもので、何か本について語れるわけでもない。会話をしても、味のしないするめを噛み続けるようなものだろう。

「骨拾いからは距離を置いた方がいいよ」

　ふと、そんな言葉が口をついて出てきたのは、芝崎が自分から離れるきっかけを作りたかったからかもしれない。

「知ってるでしょ。僕がやってること」

　アシトの言葉に、芝崎はきょとんとする。

「そりゃ、知ってるけど」

　骨拾い。それはアシトがずっと続けているギデオンを使った海の遺留品回収のことだった。

十五歳になった今、アシトは、それに好感を持つ者ばかりではないことを知っている。《大洪水》によって失ったものを欠片でも取り戻したい人がいる一方で、遺留品のせいで引き裂かれるような苦しみを思い出してしまう人がいるのだ。表立って批判する者はいなくとも、回収活動に対するアシトの執着を哀れんだり、気味悪がったりする者は少なくない。中学に入ったころからか、同級生たちも自然とアシトと距離を置くようになった。いずれ、芝崎もそうなる時がくる。

　しかし、アシトがいよいよ本気で読書の殻に閉じこもろうとしても、芝崎は声をかけてきた。

「なあ、善波」

「……まだ何かあるの」

「お前、呼ばれてない？」

「え」

　そう言われて、アシトは視線を廊下に向けた。すると、髪を二つにくくった女子生徒が一人、教室の入り口に立ってこちらを見つめている。この高校では珍しいくらいに垢ぬけている印象ゆえに、自然と周囲の注目を集めていた。

「……善波って、宮園さんと知り合い？」

　芝崎がどこか期待に満ちた声で尋ねてくるが、アシトは溜め息交じりに立ち上がった。

「……同僚だよ」

　クラスメイト達の視線を感じながら廊下に出ると、宮園エリンは黙って歩き出す。アシトを先導していた彼女はひと気のないところまでやってきて、ようやく振り返った。そこには張り付けたような笑顔がある。

「善波君、あたしは伝書鳩じゃないんだけど」

「……ごめん」

「高校に入ったら携帯を買うって約束したよね？　うちの高校は防磁有線通ってるのよ？　どうしてわざわざあたしがそっちのクラスまで行って、伝言しないといけないのよ。そうまでして、あたしに会いたいわけ？」

「いやあ……そういうわけでは」

　アシトが首をひねると、エリンの笑みに亀裂が入る。

「じゃあ、嫌がらせってこと」

「申し訳ないとは思ってる……」

「思ってるなら携帯買って。あたしが休みだったら、どうしてるわけ？　会社からの緊急連絡が届かないじゃない」

「……まあ、なんだかんだ言って、こうやって来てくれるし、いいかなって……」

「あのねえ、あたしだって、いつまでも一緒にいられるわけじゃないんだからね？」

　エリンの怒声に、通りかかった生徒たちの視線が集まる。さすがに少し恥ずかしくなったの

か、わざとらしい咳ばらいをすると、

「……いい？　一回しか言わないから。今日の十七時に船渠集合。遅刻厳禁」

「わかった」

「局長も何なのよ……毎日欠かさず出勤してるやつに言ってもしょうがないじゃない……」

「まあ、僕だってコンビニに寄って遅れることあるし。ありがと、エリン」

「……宮園さん」

「ありがとう、宮園さん」

エリンは一際大きな溜め息を漏らすと、片手を差し出してくる。アシトはポケットから新発売のグミの袋を取り出し、二個献上した。エリンはそれを何も言わず口に放り込むと、ふんふんと小さく頷いている。どうやら好きな味らしい。これはご機嫌取りように常備しておくか、とアシトが考えていると、不意に、

「もう、見た？」

とエリンが尋ねてくる。

「何を」

「例の指導官に決まってるでしょ。今日の集合だって、顔合わせなんだから」

「ああ……見たけど、どうかしたの」

アシトの脳裏に、あの胸を刺すような言葉がふと蘇る。

「結構話題になってるじゃない。三年二組の風織ユア。変な転校生が来たって」

「……変な転校生？」

「先生を教官って呼んだり、学食をカードで支払おうとしたとか……」

エリンはなぜかそう言いながら、目を細める。

「指導官の子が転校してきたって、知らなかったの？」

「うん」

「……じゃあ、なんで見たことあるのよ」

「まあまあ……」

アシトにとって、先日の状況を説明するのはこの上なく億劫に思われた。成り行き上仕方なかったとはいえ、盗み聞きしたというのもまたエリンから小言を食らいそうで、ますます言いたくない。

しばし奇妙な沈黙が流れるが、エリンはふと視線を切ると、

「まあ、いいけど」

と言いつつ、アシトのグミの袋を奪い取った。あっ、と言う間もなく、片手でひとつかみ分、ごっそりグミをとり、一気に口に放り込む。

「……もう空なんだけど」

すっかり軽くなった袋を返され、アシトが懸念を表して眉を顰めるも、相手は気に留める様

子もない。口の中のグミを食べ切ると、

「じゃあね」

と自分の教室に帰っていった。何か彼女を怒らせたらしいことは分かるが、いつも通りといえば、いつも通りだろう。エリンと知り合ってからもう四年、ずっとこんな感じだ。

アシトは一年一組の教室に戻りながら、ぼんやりとエリンの話を反芻する。

風織ユア。

それが、あの少女の名前らしい。

トライトン社の船渠には不穏な空気が流れていた。
時刻は十七時三十七分。約束の時間を過ぎても、指導官が一向に姿を見せないのだった。
七人の搭乗者はフロートスーツに着替え、準備もできている。ところが、時間を指定した当人が遅刻しているというのだから、不満も当然だろう。突然の招集で友達と遊ぶ約束をドタキャンした子もいる。カラオケの誘いを断ってやって来たエリンもまた、見るからに怒り心頭。下手に近づけば、噛みつかれそうな殺気を放っていた。
触らぬ神に祟りなしとアシトは隅で独り、船渠の入渠口から見える海を眺めていたが、不意にざわめきが静まった。振り返れば、フロートスーツを身にまとった指導官がまさに船渠に入ってくるところだった。彼女は傍らにいた職員の紹介を待たず、自己紹介をする。

「国連軍第三艦隊所属、風織ユアだ。これから三か月、君たちに特別指導を行う。私のことは指導官と呼んでもらって構わない」

昨日と変わらぬ仏頂面で、人によっては不遜な態度と思われても仕方ないだろう。すると、やはり真っ先にエリンが口を開いた。

「……指導官の方が最後に来るっていうのは、指導上どうかと思うんですけど」

エリンは搭乗者の中ではアシトと並んで最年長である。普段から子供たちの意見を取りまとめるのもエリンの役目。今回も、そうだそうだと言わんばかり、エリンの言葉に子供たちが頷いていた。すると、指導官は平然と、

「すまない、私用が長引いた」

と返す。あまりのそっけなさにエリンも怒気を削がれ、二の句を見失っていた。

そして、指導官は釈明は済んだとでも言うように軽く頷くと、改めてこう切り出す。

「先日、君たちの戦闘訓練の動画を見せてもらったが、率直に言って酷いものだった。水遊びかと思ったほどだ」

彼女の容赦のない物言いに、子供たち全員の神経がぴんと張り詰める。

すると指導官はまた頷いて、

「そう、それだ。君たちにはその怒りが足りていない。感情の種類は何であっても構わないが、とにかく対象にフォーカスするということができていなかった。ギデオンは人体よりも感覚精度が高いゆえ、反射で動いていると行動が散る。些細な無駄が積み重なる。積み重なった結果もたらされるのは、死だ」

淡々とした声音ゆえに、言葉が妙に頭に入ってくる。まだ幼い搭乗者たちは話の全てを理解したわけではないだろうが、それでもどこか納得したような神妙な顔つきをしていた。

「ところで、ギデオン操縦の第一原則は？　葉山君」

搭乗者の中でも最年少の葉山君が突然名指しされる。ただでさえ引っ込み思案の小学三年生が、会ったばかりの指導官に委縮しないはずもない。葉山君は驚いて固まってしまい、口は真一文字に結ばれていた。しかし、指導官は黙って答えを待つばかり。沈黙に耐え切れず、代わりに口を開いたのは、エリンだった。

「脱心留体、でしょ。意識をせず、かといって力を抜いてはいけない」

「その通り、意識をしていたら、ギデオンは動かない。人間の意識は人間の身体のためのソフトウェアであって、ギデオンを操るには限界がある」

「それは双腕型以外の話じゃないの？　確かに四腕型は気合いで動かせるものじゃないけど」

ギデオンはその腕の本数によって、双腕型、四腕型、六腕型、と呼称される。エリンの言う通り、四腕型はその形状からして人間の身体感覚が適用できない。アシトも最初の内は前腕部しか動かすことができなかった。無理に後腕部を動かそうと意識をすると、今度は前腕部が動かない。無意識と意識の中間のような感覚が生まれて初めて、四腕を操れるのだ。

一方で、エリンの言う通り、スケールの違いこそあれ、双腕型は人体によく似ており、新人の搭乗者でも容易に操ることができた。意識があっても困ることはない。

しかし、指導官は首を横に振った。

「そもそも、人体は海での行動に適した構造をしていない。双腕型は確かに意識的に動かせるが、その結果実現されるのは人間の泳ぎ方であり、人間の水中行動だろう。それでは何のためにギデオンに乗っている？　たとえ双腕型であっても、真に水中兵器としての真価を発揮するためには、人間の意識など捨てなければならない」

「……集中しろって言ったり、するなって言ったり、どうしろって言うのよ」

「無我夢中になればいい」

「……は？」

エリンの口から洩れたその疑念は、おそらくそこにいた他の搭乗者たち全員が共有していたはずだ。

しかし、指導官は改めて一同を見回すと、言った。

「座学は以上だ。これから一対七、私と君たち全員で模擬戦を行う。電離態加速槍の出力を調整して、攻撃が当たった場合はギデオンが一時的に停止するようにした。死ぬことはないが、感覚異常で多少は気持ち悪くなるだろう」

　すると、再びエリンが噛みつく。

「電圧は抑えられても、電離態加速槍の物理的な威力は下げられないのよ？　指導官のギデオンが傷ついても、文句はないんでしょうね」

「もちろんだ。殺す気で来るといい。我を忘れるとは、そういうことだからな」

　エリンの挑発を挑発だとも思っていないのか。

「絶対泣かしてやる……」

　という幼馴染の不穏な決意がアシトの耳に届くが、話を終えた指導官はどこか楽しそうにさえ見えた。「他に質問は？」という彼女に、アシトは一応手を挙げてみる。

「あの、自分は訓練でも電離態加速槍は使用禁止なんですけど」

「それなら素手で来ればいい」

　当たり前だろう、とでも言いたげな表情だった。

「普段から何も持っていないなら、レヴとの接敵もその状態の可能性が高い。もちろん、無理だと言うなら、私の権限で訓練中は使用許可を与えてもいいが……」

「……大丈夫です」

　相変わらずのまっすぐな物言いが、かえって闘争心を煽ってくる。本人に悪気はないのだろうが、その悠然とした態度を見せつけられたら、どうしたって舐められているように感じるものだ。アシトは内心苦笑するだけだったが、傍でやりとりを聞いているエリンはますます怒りを高めているような気がした。ある意味で、集中を引き出すという彼女の策略は完璧なのかもしれない。

「では、さっそく始めようか」

指導官のどこか弾むような声が、船渠に響いた。

◇◇◇

プライドなんてない、とアシトは思っている。どれほどギデオンに乗っていようが、自分は所詮民間ギデオン搭乗者の一人に過ぎず、戦闘経験は皆無に等しい。四年前に生き残ったのも、幸運が重なっただけ。ニュースや記事で見るような、国連軍のギデオンとは違うのだ。それぐらいの分はわきまえているつもりだった。

しかし、それでもまだ、自分はおごっていたのかもしれない。そう思うほどに、指導官とアシトたちトライトン社のギデオンの能力差は、歴然としたものだった。

たった三十秒。たった三十秒で、五体のギデオンが停止した。

初め、指導官の乗った深紅の六腕型は水槽の真ん中にいて、アシトたちはそれを取り囲むように陣取っていた。いくら船渠の水槽が広いとはいえ、逃げ場はない。一斉に襲い掛かれば、指導官も打つ手はないだろうと思っていた。だが、始まりの合図が聞こえた瞬間、赤いギデオンは目にもとまらぬ速さで一体の双腕型に肉薄すると、電離態加速槍で撫で切った。そして、双腕型から葉山君の悲鳴が響き、その機体は痙攣するように震えた後、動かなくなったのだ。

指導官がそれを狙っていたのかどうかは分からない。ただ、耳をつんざく仲間の《声》は、明らかに他の搭乗者たちの動きを阻害した。彼女が言っていた通り、ギデオンは情報を取り込みすぎる。同僚の動揺や恐怖に触れてしまえば、集中は絶対に削がれてしまう。

気づけば、次のギデオンが感電し、再び悲鳴が聞こえた。

三体目のギデオンは距離を取ろうと必死に電離態加速槍を振り回したが、指導官のギデオンにはかすりもしない。振りかぶった勢いで体勢を崩した背中に、そっととどめの槍が刺される。

四体目は電離態加速槍の穂先を展開し防御の構えをとったが、指導官は間髪を容れず三体目が使っていた電離態加速槍を奪い取り、投げつけた。槍を弾き飛ばされたギデオンは為すすべなく懐に飛び込まれ、次の瞬間には一際大きな悲鳴が水中に響き渡る。

次の標的として六腕型に見据えられた五体目は、槍を手放し、腕で体を抱え込んで防御姿勢をとった。実質的な白旗だ。戦意を失ったと見なした指導官は、いよいよエリンの双腕型に目を向けた。

【ちょ、ちょっと！　他人の槍を使うなんて、ずるいじゃない！】

エリンが動揺を隠せずに叫ぶと、

【仲間の死体を使って戦う状況は、実戦では珍しいことではない】

と指導官は律儀に返答する。

【こちらが何をしようとも、レヴたちは何も思わないからな】

【……あたしたちは、人間なんですけど】

【今は怪物だ。君も、私も】

指導官のギデオンが水を蹴った。まっすぐ突き出された槍をエリンは直前で打ち払う。初めて攻撃を防いだ、などと思う暇もない。槍を凌がれた勢いを利用して指導官はくるりと身を捻ると、エリンの腹部に蹴りを打ち込む。水槽内に、ごうん、と鐘の音のような重い衝突音が響いた。

【――っ！】

言葉にならない怒りがエリンの双腕型から漏れる。

エリンは電離態加速槍を構え直すと、自ら指導官のギデオンに接近した。正面から相手の炉核を狙った鋭い突き。今度は指導官が攻撃を捌く。

電離態加速槍が大きく弾かれエリンの手から離れるが、そもそもエリンは突きを放つ直前で柄を離していた。初撃はブラフ。狙いは槍を跳ね上げて空いた胸部への突進。

【きゃあ！】

しかし、上がった悲鳴はエリンのものだった。

飛び込んできた双腕型の顔面に、六腕型の第二右腕のカウンターが決まったのだ。反射的に反応したのか、それとも動きを読んでいたのか。だが、そもそも六腕型には腕の余裕がある。槍を弾く程度の隙では、不十分なのだろう。

つまりは、槍を弾き、エリンを殴り、背中の空いた今こそ――勝機。

アシトの四腕型が動いた。

もとより、六腕の手練れに向かって徒手空拳で飛び込むのは負け戦に決まっている。アシトに、一対一で戦おうなどという気概は端からなかった。最高速で突っ込むと、第一右腕、第一左腕で指導官の第三右腕、第三左腕を封じ込める。遅れて指導官の第二左腕が襲ってくるが、間に合わない。

アシトの第二右腕が六腕型の頭を強打した。頭部骨格の砕ける鈍い音がする。

しかし、これで終わりではない。重要なのは、そこで生まれた隙を次に繋げること。アシトは全ての腕を使って指導官を拘束すると、叫んだ。

【エリン！　とどめを！】

【ちょっ……まだ】

【早く！】

【わかったわよ！　もうっ！】

エリンが痛みを振り切るように水を蹴り、近くに漂っていた電離態加速槍を掴む。その間、指導官は無言でもがき続けていた。腕の数は四対六。拘束できない第二右腕と第二左腕が容赦なくアシトの頭や胸を連打する。制御殻にまで響く衝撃だが、それでもアシトは体を固定したまま絶対に放さない。

【さっきは、どうも、ありがとねっ！】

エリンが槍を構え、六腕型の胸めがけて渾身の一撃を放つ。

しかし、指導官のギデオンはとっさに手で水をかいた。絡み合っていたアシトのギデオンは六腕型もろとも回転して、その位置を入れ替える。

もはや避ける暇もない。

脇腹をエリンの電離態加速槍が裂き、瞬間、全身に電流が走る。感覚系の異常か、制御殻には耳をつんざく高音が反響した。加えて、三半規管を振り回されるような、強烈な吐き気。

痛みこそないが、それ以上に総毛立つような不快感の波が押し寄せた。

しかし、おそらくは指導官のギデオンも感電したはず。勝負は引き分けではないか。

そう思ってようやく正常化した視界を確認すると、拘束していたはずの六腕型の姿がない。

【ちょ、ちょっと！】

エリンの悲鳴に似た声に目を向ければ、指導官は四本の腕でエリンの首を絞め付けていた。

【壊れちゃうって！　本気なの⁉】

エリンが叫んでも、指導官の反応はない。ぎぎぎ、と不穏な音を響かせて、双腕型の首がねじれていく。

【ちょっと！　ねえってば！　──アシト、】

助けて、という《声》が届くよりも早く、アシトは脇腹に刺さっていた槍を抜き取り、飛び出していた。武装禁止の契約など頭にも上らない。

水の壁を裂くように槍を構えて滑翔すると、そのまま一閃。

六腕型の背中を両断する軌道で槍を薙ぐ。

だが、指導官は後ろが聞こえていたのだろう。エリンを解放し難なく攻撃を躱すと、素早くアシトから距離を取った。停止していた他のギデオンから電離態加速槍を二本回収し、第二、第三右腕と第二、第三左腕でそれぞれ構える。

四腕の黒い怪物と、六腕の赤い怪物が対峙する。

言葉はなかった。互いが互いの鼓動に耳を澄ましているのが分かる。アシトの制御殻に広がる視界はいまだにノイズが走っていて、音像による感知も麻痺していた。しかし、かえって全身が静けさに満たされ、透き通った力が四腕の隅々に流れている。

無我。

指導官が戦いの前に語っていた言葉が微かに脳裏をよぎり、消え去った。

次の瞬間、四腕型と六腕型が衝突する。槍と槍が突き合わされ、金属音が水槽内に鳴り響く。指導官が二本の得物をまるで指揮棒のように操る一方で、アシトは槍を力任せに動かし、反射的に攻撃を凌いでいった。乱流をかき分けるように槍を振るい、踊るように身を捻る。二体の怪物は上下を入れ替え、付かず離れずを繰り返し、ほとんど演舞のように斬り合った。

アシトにまともな水中戦闘の経験はない。しかし、それでも指導官の速度に対応できたのは、偏にギデオンを扱ってきた日々の積み重ねによるものだろう。

だが、その積み重ねがアシトの限界でもあった。

状況を変えようと意識をすれば動きが鈍り、かといって無意識に任せれば防戦一方になる。攻撃に踏み出す機会が、はじめからなかったのだ。

それからアシトはふと、まるで他人事のように一つの事実に思い至った。

自分は耐えることはできる。しかし、勝つことはできない。

なぜなら、勝てると思ったことがないのだから。

どうしてあの本当の怪物に、あの本当の暴力に、勝てるなんて思えるのだろうか。レヴというものは一つの災害であって、運命ではないか。台風や地震に勝とうとする者がいないように、レヴと戦うということも、同じくらい無謀なことではないか。

アシトの肉体と魂に刻まれた十一年前の記憶が、はっきりと告げているのだ。

お前は絶対に勝てるわけがない、と。

アシトがそう思った時、制御殻にふと闇が降りた。

活動限界である。

夜よりも暗い世界に、アシトはただ一人、浮かんでいた。

「あーっ、ほんと腹立つ」

　もはや何度目か分からない悪態をエリンは吐き出した。彼女が道路に転がっていた石を蹴ると、それは見事な放物線を描いて空き地に飛び込み、何年も放置されている用途不明のドラム缶にぶつかる。ひと気のない黄昏に、思いのほか大きな音が響いた。

　しかし、エリンはそんなことも気にせずアシトの方を向くと、

「ねえ、あいつ、あたしを殺そうとしたのよ？　一つ間違ってたら大事故よ？　訓練初日から、ほんと信じらんない」

「まあ、彼女も無意識だったたって、謝ってたじゃん」

「無意識だから何だって言うのよ！　わざとじゃなければ許されるわけ？　それで人殺しするようなら、もっと問題じゃない！」

　下手に指導官を擁護すると、機関銃のようにエリンの反論が飛んでくる。もはやアシトが口を開くだけでも、八つ当たりを食らいそうな勢いだった。

　模擬戦はアシトのギデオンが電力切れとなり活動限界に達した時点で幕を閉じた。その後、

指導官が話したことによると、アシトに拘束されてエリンの槍を避けた際、やはりアシトのギデオンから感電し、彼女は一時的に気を失っていたらしい。アシトと槍で交戦する間に意識を取り戻したらしいが、それまでの記憶はないとのことだった。国連軍のギデオンはたとえ死んでも戦い続ける、という噂話はアシトも聞いたことがあったが、気絶してもあれほど動けるのであれば、あながち嘘でもないのかもしれない。

とはいえ、エリンからすればとんだ災難であったことは間違いないだろう。さすがに指導官も謝っていたが、最後にふと真面目な表情で、

「しかし、君たちは見事な連携だった。初日から負けてしまうとは、情けないな」

と言ったのがまずかった。あれだけ圧倒的な差を見せつけておきながら、自分の負けだ、などと、プライドの塊であるエリンには火に油。あまりの怒りに舌が追い付かなかったか、エリンはしばらく絶句していた。

そして、今になって無差別発砲である。基地から家への帰り道、エリンはずっと怒り続けている。

「アシトだって、もし電力が足りてたら、ぎゃふんと言わせてたかもしれないし！　無我夢中だの殺す気で来いだの、あんだけ大層なこと言っておいて気を失ってるんだから、指導官の資格なんてないわよ！」

「ははは……」

「しかも、あいつ、遅刻してきたのよね！　忘れてたけど！　なんか、どんどん腹立ってきた！」

もはや目の前に指導官がいれば殴りかかりそうなほどいきり立っていたエリンだが、丁度コンビニの前を通りかかると、突然足を止めた。

「あれ、葉山君じゃない？」

見てみれば、少年が丁度母親と一緒にコンビニから出てくるところだった。華奢な体が、いつにも増して小さく見える。模擬戦がよほど辛かったのだろう。

すると、エリンは何気なく歩み寄り、「こんばんは」と声をかけた。母親の方に、ちょっといいですか？　と断ってから、小学生の背丈に合わせてしゃがみ込む。

「……大丈夫？」

葉山君はじっとエリンの顔を見つめて、「ぼく……」と呟いたが、それ以上は何も言わなかった。今にも泣きそうなのに、それでも唇を噛んで耐えているのは、エリンの前だからか、それとも母親の前だからか。

エリンは葉山君の肩に手を載せると、

「大丈夫よ」

と微笑んだ。

「怖い思いをしたのは、皆おんなじだから」

「……エリンも？」

「もちろん。すごく怖かったわよ。今日、眠れなくなっちゃいそう」

「……そっかぁ」

少しだけ葉山君の表情が緩む。エリンは鞄から小さなチョコレートを取り出すと、彼の手を取ってそっと握らせた。

「きなこもち味。あたしのとっておきよ」

すると、葉山君はわざとらしく眉を顰めて、

「え～！　まずいよ！」

と笑った。母親が「こら！」とすかさず声を上げるが、葉山君はやはり笑みを浮かべたまま、大事そうにチョコレートをポケットにしまったのだった。

親子が車に乗って去るのを見送ると、アシトたちは夕闇の中を再び歩き出す。エリンはどこか目を合わせるのを避けるようにアシトの少し前を歩いていた。

「エリンも怖かったんだ」

アシトが呟くと、意外にも彼女は素直に首を縦に振る。

「死ぬかと思った」

「相手はプロだからね」

「……そうね、もちろん、あの六腕型が怖かったのも間違いないんだけど……なんて言うんだ

ろ、それ以上に、すごく場違いなとこにいる気がしたのよね。散歩してたら、知らぬ間に試合中のサッカーコートに入っちゃったみたいな。そのこと自体が、すごく、怖かった気がする」

エリンは指導官のギデオンと同じ深紅に染まった防壁堤を見つめながら、独り言を漏らすように言った。

「そもそも、自分たちが兵器なんだってこと、忘れてたのよ。いつも海を泳いで、見張りをしていれば、それでよかったんだもの」

しかし、それは仕方のないことだろう、とアシトは思う。気仙沼基地のギデオンは時折漁や養殖場への警護業務にあたることはあれど、レヴと交戦することはない。むしろ、徹底して交戦を避けるために、接近する疑似鼓動音に耳を澄ますのだ。いきなり戦ってみろと言われても、無理な話だった。

「指導官だって、僕たちが未熟だってことは分かってるよ。どれくらい動けるのか見るために模擬戦をやったって言ってたし」

「そうねえ」

エリンはアシトの言葉を聞いているのかいないのか、ぼんやりと相槌を打つ。それから、ふと振り返ってアシトをまっすぐ見つめると、こう尋ねてきた。

「……あたしたちが戦う必要って、あるのかな」

「え……」

「お金ももらえるし、それなりに人の役に立つし、ギデオンで海を泳ぐのはあたしだって嫌いじゃないけど……別に戦いたいわけじゃないのよね。習い事に命を懸けるつもりはないっていうか……」

「エリンは、塾もあるもんね」

中学の頃からエリンがトライトン社に訪れるのは月に数回だった。それでも彼女が辞めなかったのは、他の子供たちに慕われているからだろう。長年参加していた地域のボランティアのようなものがいきなり戦場へと変わるなら、エリンの戸惑いも当然と言える。

それから、エリンはどこか思いつめたような表情で、

「そこまでして、ギデオンに乗り続ける意味ってあるのかなって」

「それは……エリンの自由だと思うけど」

「アシトは？」

「……」

「アシトは、ギデオンに乗って戦う意味があるの？」

突然矛先が自分に向けられ、アシトは言葉に詰まる。あるいは模擬戦からずっと、それはアシト自身が心のどこかで抱いていた問いだったのかもしれない。

「これからも、あんな危険なことを続けるつもりなの？　ギデオンは大人になったら乗れなくなる。いずれ、他の人たちみたいに勉強して、就職しなきゃいけないのよ？　だったら……」

エリンは最後まで言うことなく、ただアシトの目を見つめていた。

「わかってるよ」

アシトが微笑むと、エリンの表情はますます苦々しいものになる。

「……わかってないわよ」

エリンは溜め息を漏らすように言って、再び歩き始めた。アシトはやはりその数メートル後ろを、何も言わずついていく。

「それじゃ」

分かれ道のT字路まで来ると、エリンはそっけなく別れを告げて、去っていった。坂を上っていく彼女の背中を見つめながら、こうして基地から二人で帰ったのはいつぶりだろうか、とアシトは思う。

エリンがこの街に引っ越してきたばかりの頃、T字路の周囲は全て空き地で、どんなに遠ざかっても互いの姿が見えていた。それが今や新築の家々が立ち並び、エリンの姿はすぐに陰に隠れてしまう。

混乱と破壊の傷跡だけが広がっていたあの頃から、随分と時間が経ったのだ。街は少しずつレヴの恐怖を忘れ、アシトはいつの間にか死んだ姉の年齢になってしまった。あと数年経てば拒否反応が出て、ギデオンにも乗れなくなるだろう。

時の流れには抗えない。そうと分かっていながら、アシトはギデオンのない日々をうまく想像することができなかった。行く手を隠す朝霧のように、アシトの考える未来は曖昧なまま形をとれない。

しかし、アシトがしばらくT字路でぼうっと突っ立っていると、エリンが速足で坂を下りて戻ってきた。

「どうしたの？」

尋ねても、彼女は押し黙ったまま答えない。

「エリン？」

「……さっきは……」

「さっき？」

「模擬戦の話！　……あの時は、その、助けてくれて、ありがと」

エリンはそう言って無理やりアシトの右手を摑むと、手のひらにたたきつけるようにして小さなチョコレートを渡してくる。そして、アシトの言葉も待たずに、坂の上へ帰っていった。

ギデオンの搭乗者は激しいエネルギー消費を補うためのお菓子を常に持ち歩いているが、アシトとエリンはこうしてお菓子をあげたりもらったり、そのやりとりを四年も続けていた。

エリンは決まって、小さなチョコレート。アシトはグミ。

それは、ずっと変わらない二人だけの通貨のようなものだった。

もしもエリンがトライトン社を辞めたら、そんな通貨も用なしになるのかもしれない。

「……わかってるよ」

アシトは誰ともなくそう呟いて、チョコレートを口に放り込んだ。

◇ ◇ ◇

ガタついた引き戸を開くと、アシトの「ただいま」より先に、廊下の奥から声が飛んでくる。

「おかえり、アシト。随分遅かったじゃないか。とんかつが冷めちまったよ」

居間に入ると、そこにはエプロン姿でノートパソコンを睨む家主がいた。苅場船長は眼鏡を外して眉間を揉みしだくと、アシトに目をやり、

「疲れた顔してんなあ」

と笑う。

「ただいま。今日は模擬戦があって」

「ああ、国連から指導官が来たんだっけな」

「船長に話したっけ」

「トライトンから港の方に連絡があったんだよ。護衛のプロがいるから、しばらくは沖合への出漁も増やせるぞってな。こっちは予定の組みなおしでてんてこ舞いだ」

船長はそう言って立ち上がると、台所に入っていった。小さな食卓には既に二人分の夕食

が用意されている。今日のメニューはとんかつと山盛りの千切りキャベツ。匂いから察するに、台所ではアサリの味噌汁を温めなおしているのだろう。

アシトは制服のネクタイを外すと、居間の隅に置かれた仏壇の前に座った。仏壇と言っても、遺影と湯呑が二つずつあるだけなのだが。

写真に写る姉は実に不機嫌そうな顔をしていて、おそらくは弟のわがままに辟易しているところだったのだろう。笑っている写真があればよかったのだが、家が流されアルバムのほとんどが失われたために、ろくなものが残っていなかった。それに、アシトが最後に見た姉の姿は、もう少し大人びていたような気がする。

隣には、笑顔で赤子のアシトを抱いている母の写真。大きな茶色い染みができたその写真は、遺体の懐に入っていた財布から取り出したものだった。母は家の近くの瓦礫の中で見つかった。発見した見知らぬ大人たちが、お母さんは子供たちを捜しに来ていたんだね、と涙を流していたことを、アシトはよく覚えている。そして、それはつまり、自分が母も殺したということか、と思ったことも。

ふと、エリンの言葉が脳裏をよぎった。

ギデオンは大人になったら乗れなくなる。

ならば、大人になった自分はどうやって罪を償えばいいのだろう。

「よし、食うか」

船長の声に呼ばれるようにして、アシトも食卓に着いた。少し冷めたとんかつは衣が分厚かったが、すきっ腹にはちょうどよかった。山盛りのキャベツも中濃ソースをたっぷりかけて、がつがつと食べていく。白米をお代わりして、さらにとんかつを頬張っていると、アシトは船長からの視線に気づいた。

「……なに？」

「いやあ、今日の食いっぷりは一段とほれぼれするな」

「それ、いつも言ってる」

「そうかぁ？」

正確には、一週間に一回は言っている。もはや聞き飽きたと言うことも飽きるくらいだった。しかし、無視して味噌汁を啜っていると、なおも船長が見つめてきた。

「元気出たか」

「……最初から元気だって。ギデオンに乗って疲れてただけ」

「本当か？　アシトが仏壇の前でぼうっとしてる時は、大抵、何かに悩んでるだろう」

「……」

「どれ、船長に話してみなさい」

船長はわざとらしく胸を張るが、その優しさがかえってアシトの口を重くする。

気仙沼を離れると言った父と別れてから四年、家に迎え入れ、ずっと面倒を見てきてくれた恩人に、これ以上の心配をかけたくなかった。

それに船長にだけは相談できない、とアシトは思う。

ギデオンに乗って港の仕事の手伝いをする。それが船長へのせめてものお礼だったのだ。ギデオンに乗れなくなったら、自分はいよいよ迷惑をかけるだけの人間になってしまう。

「……最近、食卓がとんかつ続きでマンネリを感じている。アジフライとか食べたい」

アシトがわざとらしく肩をすくめると、船長は途端に目を見開き、

「あのなあ、スーパーだと一尾が五百円する時代なんだぞ！」

と叫んだ。

「豚肉だって輸入品が減って高くなってるってのに……これだから、とんかつのありがたみがわからないやつは……」

「じゃあ、せめて違う豚肉料理にしてよ」

「いや、とんかつが一番おいしい」

船長の語るとんかつへの愛はほとんど空で暗唱できるほどに聞かされている。それに対して、好きな割に作るの上達しないよね、と突っ込むところまでがいつもの流れだ。そういうやり取りをしていると、自然と心が落ち着いてくる。

食後、風呂から上がると、アシトは部屋の窓を開け放した。高台にあって《大洪水》の被害を逃れた船長の家からは、街が一望できる。まばらに復興の進む住宅地の向こう側には防壁堤

があり、その向こうには円い海が広がっていた。部屋にはぬるい夜風が滑り込んでくる。

アシトは読み止しにしていた文庫本を開き、数ページめくってみたものの、どんな言葉も網の目をすり抜ける小魚のように捕まらない。一方で、手すさびにつまんでいたグミはどんどん減っていき、気づけば袋は空になっていた。そして間の悪いことに、いつもは潤沢なグミのストックを、今日に限って切らしている。

万事休す。

アシトは本を投げ出し、ベッドに倒れ込む。目を閉じても一向に心が落ち着かなかった。足に触れる微風や湿ったシーツが気にかかり、やがて体の奥底からざわめきが聞こえてくる。激しく打ち鳴らされる槍の音。子供たちの絶叫。そして、幼馴染の悲鳴。

まるで模擬戦が終わったばかりのように心臓が高鳴り、嫌な汗を背中に感じた。

まさか、今さら戦いが怖くなった？

あるいは、帰り際に交わしたエリンとの会話のせいか。

結局、アシトは体を起こし、もう一度だけ本を手に取ってみる。しかし、一度始まった内側の喧騒はやむことがなく、アシトは気分転換に散歩へ行くことにした。ついでに、グミのストックも買いに行けばいい。

アシトは既に寝入った船長を起こさぬよう静かに家を出ると、近くのコンビニに向かった。

だが、迷わずお決まりの菓子棚に向かったところで愕然とする。

「……嘘でしょ」

グミが全て売り切れていた。きれいさっぱり棚が空になっている。店員に尋ねてみると、本当に在庫がないらしい。

こうなると、かえって諦める気になれず、アシトはさらに遠くのコンビニへ向かった。しかし、着いてみれば灯りが落ちている。すっかり忘れていたが、そこは夜十時までの営業だった。

がっくりと肩を落としたところで、視界の端に一つの建物が入り込む。

トライトン社気仙沼基地。

その周囲は更地ばかりで遮るものがなく、遠くからでもよく目立つ。当直の職員や警備員はいるはずだが、明かりはついていない。まるで海辺に建てられた大きな墓標のように、それは静かに屹立していた。

行ったところで、どうしようもないことは分かっている。

それでも潮の匂いを含んだ風に誘われるようにして、アシトは基地への道を歩き出していた。

◇◇◇

アシトにとって、夜の基地を訪れることはそれほど珍しいことではなかった。眠れない夜はよく家を抜け出して、ギデオンに乗った。そもそも、搭乗者に渡されているカードキーがあれば、いつでも基地に入ることができるのだ。警備員も「おつかれさま」と言うだけで、訪問の理由を尋ねもしない。

夜の校舎棟は静かだった。廊下には明かりもついていない。ただ自分の足音だけがひたひたと響く。その静けさに耳を澄ませると、時折、弾むような足音や、部屋の隅で交わされる甘酸っぱい囁き、廊下の端まで届く溌剌とした笑いが聞こえるような気がした。ここはかつて自分と同じような高校生たちがごく普通の学生生活を送っていたことを、不意に思い出す。

船渠に入ると、大きな窓から降り注ぐほのかな月明かりがあたりを照らしていた。水槽の浮桟橋にギデオンがずらりと並び、皆一様に充電ケーブルを首に挿されている。

アシトは自分の四腕型の前で立ち止まると、その巨軀を見つめた。脇腹は槍による傷口が露出しており、黒い血のような液体が瘡蓋となって固まっている。ギデオンの肉体を構成する共生晶質蠕虫は、よほど大きな欠損でなければ傷跡に滲出して自己修復する。機体の生々しい傷跡を見ていると、アシトにはギデオンが兵器なのか、生き物なのかよく分からなかった。そもそも、ギデオンはレヴの死体に電力ソケットを埋め込み、共生晶質蠕虫から造られた外殻を取り付けたものだ。生きた死体、に他ならない。

こんなにも訳の分からないものに乗り、命を懸けて戦うなんて、確かに変な話だ、とアシトは思った。

誰かに頼まれたわけでもない。強制されたわけでもない。たとえ自分が乗らなくても、それほど困る人もいないだろう。それでも、どうして自分はギデオンから離れられないのか。

どうして、ギデオンに乗りたいのか――……


「善波君」

突然声をかけられて、アシトはほとんど心臓が止まりかけた。振り返れば、そこに立っていたのは長髪長身の無愛想な少女。

「……指導官がどうしてここに？」

「まあ、残業だよ。君こそ、どうして」

「自分は、その……眠れなくて」

指導官が小さく眉を顰める。何か叱られるかと思いきや、

「君もか」

とだけ呟いて、考え込んでいた。

指導官の手には、少し古そうなＭＰ３プレーヤーとノートが握られている。

アシトの視線に気づいた指導官は、ノートを開き、一枚引きはがすとアシトに渡してきた。

「今日の模擬戦から見えた課題と訓練メニューをまとめていたんだ。君の分はこれだ」

「全員分、書いてるんですか」

「戦闘の印象が薄れないうちにな。一応録画はしてもらったが、ギデオンから聞こえる心響

音や細かな識外反応は記録できないだろう」

アシトとエリンを除けば、ほとんどのギデオンは一瞬で倒されている。あれがどれほどの参考になるのか疑わしいが、他のページにはアシトに対するものと同じくらい記録と対策が書き込まれているようだった。

ただ、一つ問題があるとすれば、

「……英語で書かれても、分かりませんよ」

「え」

まさか、とでもいうように指導官が目を見開く。

「国連では英語のレポートが基本だったから、つい……」

地方の子供の英語能力など考えるまでもないと思うのだが、指導官は本気で意外だったらしい。アシトが思わず苦笑すると、指導官は、むぅ、と唸ったあと、小さく溜め息を漏らす。

「……妙に君たちとの温度差を感じると思っていたんだが……ちなみに今日はどうだった」

「どうとは」

「いや、楽しかった、とか、面白かった、とか」

大真面目な表情で指導官に尋ねられ、とうとうアシトは噴き出してしまう。

「楽しませようと思ってたんですか？」

「……戦闘訓練は受けたことがないと聞いていたから、模擬戦は新鮮かと」

「新鮮なのは間違いないですけど……皆、結構つらかったと思いますよ。葉山君とか、ひどい落ち込みようでしたし」

「……」

「ま、まあ、僕は楽しかったですよ。指導官の六腕型の操縦は見事でした」

「……そうか……」

指導官の顔は瞬く間に曇っていき、眉間の皺は深く、暗くなっていく。その消沈っぷりは気の毒になるほどで、アシトは慌てて尋ねた。

「ちなみに、自分の課題を聞いていいですか。日本語で」

「だが……」

「何を言われても、僕は大丈夫ですよ」

「……そうか」

まだ彼女の声音には迷いが滲んでいたが、それでもふと指導官らしい顔つきに戻ると、淡々と説明を始めた。

「君に関しては、ギデオンを操縦する上で技術的な問題はほとんどない。水中機闘のコツも、いくらか練習すればすぐに獲得できるだろう。弱点があるとすれば、そもそも自分だけで戦うという選択肢を考えなかったことだ」

「……エリ……宮園さんとの共闘がよくなかったですか」

「連携をとることは悪くない。だが、連携は戦いの責任を仲間にも押し付けることになる。まずは自分一人で戦えなければ意味がないだろう。実際、君はあの時、一対一で私に勝てると思っていたか？」

「……いえ。でも、電離態加速槍がないと」

「互角に戦えない？　たとえば私を羽交い絞めにした段階で、さらに力をかけて腕を折り、そのまま制御殻への衝撃を狙って、胸部を殴り続ければいい。そうすれば搭乗者自体を無力化できる」

「そんなことしたら、死んじゃいますよ」

「殺す気で来いと言った」

指導官の表情は揺るぎない。そのあまりの率直さにアシトはつい言葉に詰まってしまう。

すると、彼女は目をそらし、

「……すまない」

と呟いた。

「謝らないでくださいよ」

「いや……思っていた以上に、私は世間知らずらしい。今日も高校でいろんな人に迷惑をかけてしまった」

「あ～、噂になってましたね。教官とか、学食とか」

「なっ……それはだな、陸の学校に通うのは初めてで……」

もごもごと声にならない言い訳が指導官の口から漏れる。なんというか、彼女がそうやって恥ずかしがること自体が、アシトの目には意外に映った。いったん戦場から離れれば、彼女も普通の高校生ということなのか。

しかし、しばらくすると指導官は突然顔を上げ、

「そうだ、方々に詫びに行かなくては。まずは葉山君だ」

と言って踵を返す。アシトは慌ててその手を掴んだ。

「ちょ、ちょっと、待ってください！　今、何時だと思ってるんですか。逆に困りますって」

「……そうなのか？」

「皆寝てますから……」

この夜更けに家を抜け出している自分が言っても説得力はないが、さすがにここで止めなければ、悪評がさらに増えることだろう。

「しかし、このままでは気が済まない。何か詫びをしたい。もちろん、君にも」

「だから、自分は別に」

「甘いものでも、どうかな」

「え」

「先ほど、コンビニで買っておいた。陸は種類が豊富で素晴らしい」

　そう言って、六腕型の陰から指導官が取り出したビニール袋には、山盛りのお菓子が詰まっていた。チョコやクッキー、そして何よりグミである。買い占めの犯人はここにいたのか、と思いつつも、アシトは溜め息を一つ吐いて我慢する。甘いものをくれるというのだから、それでいいだろう。

「折角だから、場所を変えませんか」

「ん？　それはかまわないが……休憩室か？」

「もっといいところですよ」

　アシトは指導官を連れて校舎棟に戻り、階段を上った。カードキーで屋上の扉を開けると、やはり穏やかな夜風が頰を撫でる。指導官は「海だ」と呟いた。

「ここからは見えるのか」

「山の方に行けば壁の向こうは見えますよ。ただ、近くから見たいなら、ここが一番です」

「君のお気に入りというわけか」

「まあ……はい」

「うん、いい場所だ」

　彼女の口元に、微かに笑みが浮かんだように見えた。アシトはなぜか気恥ずかしくなって、誤魔化すように、

「グミ、いいですか」

と袋を指す。

それから始まったのは、ちょっとしたお菓子パーティーだった。屋上の端で海を眺めながら、様々なコンビニのお菓子を片っ端から食べる。チョコを食べ、グミを食べ、またチョコを食べ、と手が止まることはない。やはり一級のギデオン乗りは一級の甘党なのか、指導官はアシト以上の勢いでお菓子を食べていった。

月が山の端に隠れると、深い紺青の夜空が二人の上に広がった。まるで海が天まで続いているように見える。

「波の音が聞こえれば、言う事なしなんですけどね」

お菓子も食べ終わり、なんとなく沈黙を埋めるようにアシトがそう呟くと、指導官は空から視線を落とした。そして、なにやら迷った挙句、

「……これ」

と言って、MP3プレーヤーを差し出してくる。

「……私はギデオンが拾う海中の音を録音していて……色々な海の音があるのだが、よかったら……」

「聞いていいんですか？」

「いや、無理にとは言わない！　こんなこと、陸の人間はしないだろう……？」

指導官は恐る恐るアシトの反応を窺ってくる。アシトは片方のイヤホンを耳に挿し、再生ボ

タンを押した。

その瞬間、体の中に海がなだれ込む。

波がざわめき、魚たちが躍り、水流が傍らを過ぎ去る音。ギデオンに乗っている時、全身で聞き取るあらゆる音、あらゆる海の言葉がそこにあった。頭上には今にも落ちかかってきそうな海があって、アシトはふと空に沈み込むような、どこまでも大きく深い海に上っていくような感覚に浸る。

「……善波君、大丈夫か？」

「え？」

「その、涙が……」

指導官に言われて、アシトは初めて自分が泣いていることに気が付いた。

「あ、いや、これは違くて……あはは」

慌てて目元を拭いながらも、アシトは自分の感情がよく分からない。ただ、寸前まで自分の心を取り巻いていたあらゆる靄が、今は全て洗い流されていた。

その透き通った中心にあったのは、自分がどうしようもなく海と繋がっているという、その事実だけ。好きとか嫌いとか、恐ろしいとか憎いとか、そんなことはどうでもよいのだ。もはや魚と同じように、自分は海から離れて生きることはできないのだろう。もしいつか陸に上がり、適応できずに死んだとしても、しょうがない。

それは諦めにも似て、しかし、アシトにとってはどこまでも明るい感情だった。

「すごく、素敵な音だと思います」

アシトがそう言うと、指導官の口元に、今度はもっとはっきりとした笑みが浮かぶ。そして、余っていた片方のイヤホンを自分でも付けると、

「それはインド洋で採取した音源なんだが、最近のおすすめはケルマデック海溝の……」

と言って、ＭＰ３プレーヤーを操作し始める。

アシトは再び海の音に耳を傾けながら、海と一つに繋がった夜空を見上げた。

海が流れ、巡り、また流れ……

◇◇◇

「風織先輩ってさあ、ドジっ子だよな」

「ん」

「善波、聞いてる？」

「ん」

「……おい」

肩を叩かれ、アシトはようやく視線を芝崎に向けた。

「……ごめん、なんか言った？」

「だから風織先輩が……いや、もういい。好きなだけ見てろ。お前のタイプはよく分かった」

「いや、別にそういうのじゃないんだけど……」

そう言いつつ、アシトの目は校庭の反対側でサッカーに興じる指導官に引かれてしまう。アシトたち一年一組はソフトボールをやっていたが、打席を待つ間はどうしたって暇になる。アシト以外のクラスメイトも、ほとんどは先輩たちのサッカーを眺めていた。

ただ、その中でも指導官の姿は目立った。理由は言うまでもない。とにかくよく転ぶのだ。

ボールがあろうがなかろうが、近くに人がいようがいまいが関係ない。ずでん、と前のめりに転んでは、むくりと起き上がり、しばらく走るとまた、ずでん。一人だけ別の競技をしているようにさえ見えてくる。目で追うなと言う方が無理な話だった。

「なんていうか、あざといよなあ。クールで、ドジっ子な転校生とかさ」

「わざとやってるわけじゃないと思うけど」

「だとしてもさあ、病弱キャラもついてんだぞ？　盛りすぎじゃん」

「なにそれ、病気なの」

「おっ、善波(よしなみ)も気になるか！」

アシトが話に食いついたことに気を良くしたのか、芝崎(しばざき)の目が途端(とたん)に輝(かがや)く。

「放課後、病院で見かけたって人が結構いるんだよ。実は、気仙沼(けせんぬま)に来たのも病気の療養(りょうよう)じゃないかって」

そういえば、訓練の初日に指導官が遅刻(ちこく)してきたことを思い出す。もしかすると、あれも通院だったのだろうか。

「でも、ここに来たのは仕事のためでしょ」

「……え、なんだよ、俺は知ってます、みたいな。善波(よしなみ)って先輩(せんぱい)と知り合いなのか……？」

「いや、同僚(どうりょう)というか……」

「……お前さあ……ずるくないか⁉」

なぜ芝崎が憤っているのかアシトには分からなかったが、事実なのだから仕方がない。指導官とは模擬戦以来二週間、毎日気仙沼基地で顔を合わせている。結局、トライトン社の搭乗者たちに対しては謝罪行脚をしたらしく、葉山君をはじめとして、ほとんどの子供たちの信頼回復は成功したらしい。最近は皆きちんとトライトン社に来て、指導官が用意した訓練メニューをこなしていた。

唯一例外があるとすれば、

「……おい、善波」

「ん」

「睨まれてるぞ！　宮園さんに！」

校庭に隣接するテニスコートから、エリンが鋭い視線を送ってきていた。しかし、アシトと目が合うと、今度はそっぽを向いてしまう。

「お前、何かしたの」

「いや……別に」

エリンは模擬戦以来、基地に来ていない。そもそも頻繁に来る方ではなかったが、最近は学校でアシトと顔を合わせることさえ避けている気がする。一度、昼休みにエリンのクラスまで行って訓練メニューを渡そうとしたら、見たこともないほど険しい顔で睨まれてしまった。

「あ、次の番だぞ」

芝崎に言われて、アシトはとぼとぼとバッターボックスに立つ。丁度ピッチャーの向こう側では、指導官がゴール前に転がってきたボールに駆け寄り、左足を軸に思い切り踏み込んで、

「あ」

転んだ。

次の瞬間、こーん、と近くで小気味のいい金属音。気づけばアシトが振っていたバットはソフトボール部期待のエース井上君の投げたストレートを痛打していた。打ち上げた球はセンターを越えて、サッカーコートまで届く。

頽れる井上君を横目に、アシトはベースを一周すると、芝崎の隣に戻ってきた。

「……善波って、運動できる系だったのかよ」

「え、いや、全然」

「三打席三本塁打だぞ。しかも、全部初球だし」

「……なんか、振ったら当たる」

「は？」

「というか、振った記憶もない」

「うぜえ～！」

やってられん、とばかりに芝崎が立ち上がり、自分の打席に立つ。その様子を見ながら、アシトは不意に、何かひやりとした水が両腕の中を流れたような気がした。じっと手を見つめ

てみても、特段変わったところはない。

芝崎に言ったことは、嘘ではなかった。今まで、アシトがこういった球技で特別優れた成績を残したことはない。むしろ、苦手な方だったはずだ。

しかし、今日は勝手に腕が動く。腕自体が、自分とは別の生き物になったかのように。

「ストライク、スリー！　チェンジ！」

芝崎が見事に三振を決め、アシトはグローブをはめて、立ち上がった。レフトのポジションに来ると、丁度場外に出たサッカーボールを追ってきた指導官と目が合う。彼女はまるで匍匐前進でもしたのかというほど、ジャージも顔も土埃にまみれていた。

今日は夜から船団警護の仕事があるというのに、怪我はしていないのだろうか。アシトは一瞬声をかけようかと口を開きかけたが、やめた。必要以上に接触するのは相手に迷惑だろう。芝崎にも言った通り、あくまでも指導官と自分は職場が同じというだけなのだから。

しかし、アシトがホームの方に向き直った時、後ろの方で微かに、

「……ナイス、ホームラン」

という声が聞こえた。

振り向くと、指導官はもうサッカーコートに向かって走りだしている。

そして大きくスローインをしようとして、また転んでいた。

◇◇◇

時刻は深夜零時。船渠に立ち並ぶ搭乗者たち――中学生二人と小学校高学年の二人、そしてアシトを合わせた五人を前にして、指導官は目をらんらんと輝かせていた。フロートスーツに身を包み、てきぱきと今回の業務におけるポイントを語っていく姿は、昼間の壊滅的運動音痴とは似ても似つかない。

「出発は十分後、任務地点は沖合三十キロだ。護衛対象は巻き網漁を行う船五隻。既に船団は港を出ているため、領海内で合流後、接続水域の漁場まで移動して任務を開始する。護衛時間は二時間だが、これは漁獲の成果によって多少前後する、との連絡を受けている。我々の任務は船団に接近するレヴへの警戒、および発見時の避難誘導だ。ギデオンは船団からおよそ二十メートルの距離を保って球形陣を作り、警戒すること。今日は比較的波が低いが、言うまでもなく潮流など不確定要素は多い。耳を澄まし、常に安定した浮遊姿勢を取れるように気を付けてほしい。……以上、何か質問は？」

指導官がぐるりとメンバーを一瞥するが、反応はない。

しかし、よし、と頷いたところで、その後ろから思いがけない声が飛んできた。

「二十メートルじゃ、近すぎるわよ」

エリンだった。彼女は髪の毛を後ろで一つにまとめながら、呆れ声で言う。

「基準は船じゃなくて巻き網。そこから四十メートル。夜の海は何も見えないけれど、反響定位を抑えないと魚が逃げるから、大きく距離を取らないとダメなの」

指導官は、なるほど、と少し目を見開くと、

「やはり経験者がいてくれると心強いな。では、四十メートルの距離を保って警戒しよう。参加してくれてありがとう、宮園さん」

と言う。エリンはそれに小さく肩をすくめて応じただけだった。

「それでは、搭乗準備開始！」

指導官の掛け声で、子供たちは浮桟橋に移動し、続々とギデオンに乗っていく。指導官自身も、深紅の六腕型の制御殻にするりと身を滑らせた。

自分たちのギデオンに乗る直前、エリンはアシトと目が合うと、やはりどこか気まずそうに視線を逸らした。

「……なによ」

「いや、来たんだなあ、と思って」

「あたしが来ちゃ悪いわけ」

「ううん、エリンなら来ると思った」

「アシトだけじゃ不安だもの」

「確かに。魚群を探すのは、エリンの方が得意だもんね」

この四年、重要な業務はいつでもエリンと二人でこなしてきた。アシトとしても、やはり彼女がいると心強い。

エリンは溜め息を吐くと、それから少しだけ声を潜めて尋ねてくる。

「……指導官に、あの話は通ってるの？」

「わからない。業務依頼書には載せられないだろうから、口頭で伝えてあるんじゃないかな」

「ほんとに？　あの生真面目さんが素直に認めたとは思えないんだけど」

「まあ、大丈夫だよ。いつも通りやれば」

「……そうね」

迷いを振り払うようにエリンは軽く首を回すと、双腕型の胸に潜っていく。アシトも一度確かめるように両手で拳を作っては広げ、その感覚を確かめた。

「大丈夫だよ」

まるで自分に言い聞かせるように繰り返して、四腕型に搭乗する。

制御殻が閉じ、黒い緩衝液が肺を見たす。視界と聴界が重なってギデオンとの同調が始まる。模擬戦での損傷はとうに全快し、感覚系、駆動系、共に問題はない。

【全機、展開】

指導官の《声》が水槽に響く。七体のギデオンは静かに水中へ沈むと、六腕型を先頭に矢じり型の移動陣形をとった。各機は電離態加速槍にまたがり、高速発進の準備姿勢を取る。武装が禁止されているアシトはエリンの槍を掴み、相乗りさせてもらった。

【しっかり掴まってなさいよ】

個人チャネルで届くエリンの《声》は心なしか弾んでいる。いつもの漁船警護とはいえ、夜の海での仕事はどうしたって興奮するものなのだ。アシトも槍を掴む手に自然と力が入る。

【全機、発進！】

指導官の声で七体のギデオンが基地を飛び出した。徐々に加速し、音速に近づいていく。そして、数分もしないうちに警護対象の船団と合流した。

そこでは既に灯船の下で集魚灯が光を放ち、海に浮かぶ火の玉のように碧く輝いている。反響定位による音像を見れば、もはや探索するまでもなく無数の魚群が揺らめいていた。海がレヴに奪われたことで水産業は停滞したが、皮肉にもそのおかげで、減少の一途をたどっていた水産資源は回復しつつあるのだ。

ギデオン達は散開し、予定通り一定の距離を保って船団を囲った。すると、船に向かって指導官が通信する。

【トライトン社から参りました風織です。これより警護を行いますが、既に漁は始まっているのですか】

これは船団が我々との合流以前に危険な水域に侵入していた理由を暗に尋ねているのだろう。

レヴ出現後に改正された漁業法では、太平洋における基本的な漁業可能水域は低潮線から十二海里の範囲内と決められている。つまり領海の内側では単独で船を出すことができるが、その先十二海里の接続水域内は、法律上必ずギデオンによる警備を付けることになっていた。さらにその先の哨戒水域ではレヴとの遭遇率が上がるため、国連軍の警護が必要とされている。

要するに船団の先走りは法律違反なのだが、船団長はけろりと言葉を返した。

「いやあ、早く終わらせた方があんたらにとってもいいんでねえの」

【……それは、そうですが】

一瞬の沈黙は、指導官がぎりぎりで言葉を呑み込んだことを思わせた。この滑り出しは、やはり良くない。思わずアシトは個人チャネルで指導官に話しかけようとするが、それよりも先に再び指導官が通信する。

【ここは予定よりも哨戒水域に近いように思いますが、もう少し安全な場所へ移動は可能ですか】

「そんなこと言われても、仕方あんべよ。始まっとるのよ、こっちは」

【しかし】

「ばけもんが出たらば、頼りにしてっから」

不満を込めたわざとらしい溜め息と共に無線は切られた。

【……各員、警戒を怠らないように。レヴは数キロ離れていても船舶のエンジン音を察知する

と考えられている。ギデオンの《声》や駆動音にも敏感だ。遠方への反響定位はできる限り控えてくれ】

指導官からの《声》には、押しとどめられた怒りの余波が感じ取れた。六腕型から聞こえる心拍数も、いつもより高い。

すると、エリンが個人チャネルで尋ねてくる。

【どうするのよ】

【どうしようね】

【どうしようね、じゃないわよ。この状態で哨戒水域での密漁なんて、絶対指導官が許すわけないじゃない】

【僕もそう思う。だから、今回は漁業組合側に我慢してもらうとか】

【ちょっと気まずいからやめろって？　ギデオンじゃないんだから、その無線通信は指導官にも聞こえるのよ。それに、言ったところで向こうが受け入れるとも思えない】

【まあ、生活がかかってるからね】

苅場船長から聞いた話によると、漁師たちが漁業法に従って狭い漁場で我慢する一方で、ギデオンによる警護のない危険な密漁が犯罪組織のいいシノギになっているらしい。レヴによって無残に破壊された密漁船が浜辺に打ち上げられることは珍しくないが、それでも密漁は後を絶たない。

　結局、違法で安値な魚に対抗するためには、漁業組合も危険な漁をせざるを得ないのだ。幸い、気仙沼付近の哨戒水域で密漁警護中にレヴの襲撃を受けたことはなかったが、接近を感知したのは一度や二度では済まない。トライトン社にとっても大きなリスクだったが、地元で影響力の強い漁業組合の要求を拒むこともできなかった。

【やっぱり、アシトが指導官を説得するしかないじゃない】

【どうして僕なの】

【あたしは仲良くないもの】

【僕だって、別に】

【体育の時、見つめ合ってたくせに】

【あれは偶々……】

【……ま、嫌なら、いいわよ。言ってあげる】

　それから、ふつりとエリンの《声》が聞こえなくなる。アシトは耳を澄ませるが、個人チャネルにおける《声》は暗号化されていて盗み聞きはできない。待機するギデオン達の間では沈黙が続いた。

　一方、網船と灯船による囲い込みは終わり、網の巻き揚げ作業が始まる。逃げ場を失った魚たちは次第に船の下へ追い込まれ、やがては互いを避けることができないほど一つにまとめられていった。海が激しくかき混ぜられ、鱗と鱗が擦れて弾ける音像は、まるで小さな星々が砕け、海を沸騰させるかのように見える。初めて見る光景でもないのに、胸騒ぎがするのはなぜなのか。掬い上げられる魚たちの身もだえは小さな悲鳴のように、海中まで響く巻き揚げ機のけたたましい作動音は獰猛な獣のうめき声のように聞こえてくるのだった。

それから不意に、《声》の個人チャネルが開かれる。相手は指導官だった。

【善波君】

その強張った響きに、すっと血の気が引いていく。

【宮園さんが言っていることは、本当か】

【はい】

【君も、知っていたのか】

【……はい】

【そうか】

それで通信は終わった。エリンも話しかけてこない。指導官は何か指示を出すわけでもなく、待機の時間がまた続く。巻き揚げ作業が終わると、ようやく船から無線通信が入った。

「一回目、終わったよ。引率よろしく」

魚を限界まで積んだ運搬船は一足先に帰港する。接続水域では最低二体のギデオンが警護しなければならず、これで船団を守るギデオンは五体になった。

それから灯船を先頭に、船は漁場を変えるため移動を始める。接続水域の限界までくると、

【船団長、これ以上は】

と指導官が無線を飛ばすものの、船団長からの応答はない。船団はそのまま哨戒水域へと侵入し、やがて一際大きな魚群を見つけると、再び漁が始まった。

今回は一回目よりも遥かに魚群の規模が大きい。短く見積もっても巻き揚げに一時間はかかりそうだった。

【ギデオン各員は水平円陣で網から下三十メートルの位置に待機。このあたりは接続水域に比べて水深が深くなっている。下方からの接近に警戒するように。ただし、依然として反響定位はパッシブのみ。下手に探ると、相手を呼ぶことになるから気を付けろ】

指導官の指示に皆が返事をする。もはや先ほどまでのリラックスした雰囲気はどこにもない。なんとなく、エリンさえも普段より緊張しているようだった。

夜の海はもはや目を閉じているのと変わらぬほどに暗く、淀んでいる。その上、魚群が高速で移動する大岩のように海をかき混ぜ、聴界を曇らせていた。海の隅々が手に取るように分かるいつもの感触が今はない。

あたかも黒い霧に目を凝らすような心地で、アシトは耳を澄ました。すると、聞こえてくるのはギデオン各機から響く鼓動ばかり。そして気になるのはやはり、六本腕の機体だった。警戒中に話しかけて意識を逸らせるのは良くないと思いつつも、アシトは我慢できない。

【あの、さっきのことなんですが】

【怒(おこ)っていない】

完全に、怒(おこ)っている。アシトが言い訳する隙(すき)も無い即座(そくざ)の返答。いつも淡々(たんたん)としている指導官には珍(めずら)しいくらい《声》に感情が乗っていた。

【……すみません】

【どうして謝る。私は怒(おこ)っていない、と言っている】

取り付く島もない。アシトはただもう一度【すみません】と繰(く)り返(かえ)した。

【指導官を騙(だま)すつもりはなかったんです。ただ、トライトン社としても地元住民との関係を無下にできず】

【それはどうでもいい】

【……え？】

【密漁のことなど、どうでもいいんだ。君たちの事情は分かる。もとより、ギデオンの運用にグレーゾーンは付き物だ。法に反する任務なら私だって少なからず経験がある】

そう言うと、しばし指導官は黙(だま)りこんだ。彼女の鼓動(こどう)が少しずつ緩(ゆる)やかになっていき、それからぽつりと《声》が聞こえる。

【ただ、もっと早く言ってほしかった】

【……】

【私を信じてほしかった】

それだけだ、と指導官は言った。

表情も身振りも見えないというのに、《声》に滲む色は驚くほど分かりやすい。彼女が最後に漏らした本音には、失望と寂しさが染み通っていて、その冷ややかな響きがアシトの胸をゆっくりと刺した。

だが、アシトに自己弁護の機会は与えられなかった。

今度は個人チャネルが切断されたからではない。会話を妨げる微かなノイズが海の底から聞こえてきたからだ。音像の端で微かに震える小さな針のような響き。

トクン、トクン、トクン、トクン。

人類に襲来を予告する、偽りの鼓動。それ即ち、

【――疑似鼓動音だ】

指導官が全体チャネルで呟いた。彼女は即座に無線通信を繋ぎ、船団に危機を知らせる。

【船団長、レヴです。下方五百メートル。あと数分で接敵します。ただちに作業を中止し、港へ緊急避難してください】

「あぁ？」

船からの無線には船員の号令や機械音が混じっていた。ギデオンからの通信もよく聞こえないのだろう。指導官は繰り返した。

【レヴが接近しています。作業を止めて、避難してください】

「……急に言われても、無理に決まってっぺ」

【冗談ではありませんよ】

「こっちだってふざけてねえ」

【ならば】

「無理なもんは、無理だろうよ！　網ほっぽって、逃げろってのか！」

【敵の数が多い。皆さんも死にたくはないでしょう】

「おめえ、網がいくらか知ってんのか?!　陸に帰ったって、飯食えなくなるんだぞ！　逃げろってのは、おっ死ねってことだろうよ！」

【……】

「命懸けてんだぁ！　こっちは！」

無線は切れた。壊滅した港からようやく仕事を再開した漁師たち、その苦労をアシトはよく知っている。苅場船長がどれほど日々の出港調整に手を尽くし、水産物に対する世間の風評被害と戦ってきたのか、隣でいやというほど見てきたのだ。それゆえ、船団長の言う道理が分からないわけではない。船や道具は漁師の命だ。それを捨てて逃げろなど、酷な話だろう。そもそもレヴがいなければ、こんな危険な漁もしていないはずなのだ。

【善波、宮園、聞いているか】

突然、再び指導官から《声》がかかる。もはや先ほどの寂しい響きは跡形もなく消え去っており、彼女は普段の上官然とした声音で言った。

【私が前線に出る。仕留め損ねたレヴは君たちで対応しろ】

【武装は……】

アシトが言いかけると、指導官は自分の電離態加速槍を投げてよこす。

【契約違反の責任は私が取る】

【そうすると、指導官の槍が】

【心配は無用だ。そもそも、私の専門は槍ではない。刀だ】

指導官のギデオンが背中に備え付けられた鞘から、六本の得物を引き抜いた。電離態加速槍に似ているが、その長さは半分ほど。刃が長く、確かに刀に見える。

アシトも噂は聞いたことがあった。国連軍の精鋭が使う固有兵装。それぞれのギデオンの動き、能力に最も適した水中機闘を可能とする唯一無二の電離態兵器。

深紅の怪物が、六刀と共に潜行した。

指導官のギデオンからは強烈な反響定位が放たれる。それは敵の位置を把握するのではなく、全ての敵の注意を自分に引き付けるためだろう。迫りくるレヴは十体以上。多勢に無勢であることは言うまでもない。だが、指導官の《声》に怯えは毫もなかった。

【――来いっ！】

戦線が衝突する。指導官は目にも止まらぬ速さで三閃。敵が一体、見事に切り分けられた。

水を蹴り、続けざまにもう一体。まるで回転する刃のように、水中を舞いながら怪物を屠る。

【……すごい……】

無意識に零れたか、エリンの感嘆の声が聞こえた。しかし、アシトも心中では同意の他ない。指導官は一瞬も動きを止めず、レヴの触腕を切り伏せ、胴を薙ぎ、炉核を突く。これが国を守るギデオンの姿かと、六腕型の剣舞に見惚れるばかりだった。

だが、指導官が六体目のレヴを葬り去った時、不意に無線チャネルが開いた。

「おいっ、終わらせたぞ！　どうすんだ！」

それはおそらく、船団長なりの誠意だったのだろう。網を巻き揚げた速度を鑑みるに、相当の無理をしたに違いない。死にたくないのは船団も同じ。いち早く連絡し、次の指示を仰ぐのが当然の務め。

しかし、機が悪い。海中全体に放射されたその通信は、指導官が引き留めていたレヴたちにも届いてしまう。その直後、五体のレヴの殺意が、アシトたちに向けられた。言葉にならない《声》として出力される、奇妙な怪物の意識。何かひどく熱いものを脳に注ぎ込まれるような感覚を覚える。アシトは奥歯を嚙み締めて耐えたが、その殺意の矢は船の周囲に待機していた二体のギデオンにも刺さっていた。

【やだやだやだやだっ！】

【いやーっ！】

幼い悲鳴が頭上から聞こえる。それはレヴの放った咆哮以上に、強烈な感情の波となってギデオンに押し寄せる。

【お願いだから、静かにしてっ！】

耐え切れずにエリンが叫ぶ。その恐怖に強張った悲痛な響きもまた、レヴをさらに引き付け、一瞬、指導官の意識を引っ張った。

水中機闘において、戦闘中に生まれる注意の散逸は、踊りの最中に釘を踏むようなもの。完璧な舞いに歪みが生まれ、その隙を怪物は見逃さない。

【指導官っ！】

ダメだと分かっていても、アシトは叫んでしまった。そのせいで彼女の動きがさらに乱れ、二つの腕にレヴが食らい突く。背中にかぎ爪が刺さり、足が触腕にからめとられた。

そして、動きが止まった瞬間、六腕型の首がえぐられ、黒い血が噴き出す。それを見ていたエリンが絶叫する。一方、五体のレヴはますます近づいてきていた。アシトはただ茫然として、槍を構えることすらできない。

考えるな。意識をするな。

そんなこと、無理に決まっている。アシトの脳裏には、十一年前の記憶がまるで津波のように押し寄せていた。忘れようにも、忘れられない。いくら頭から追いやろうとも、すぐに戻ってきてしまう、あのあまりにも平凡で愚かな、午後の日の記憶。

遠ざかる波打ち際。

むき出しになった水底。

濡れた貝殻、硝子の破片。

砂浜に向かって飛び出す子供と、それを引き留めようと叫ぶ姉。

「ちょっと待って！　アシト！　危ないから！」

あの時、素直に姉の言葉に従っていれば。わがままを言っていなければ。全ては変わっていたかもしれない。姉は生き延び、母も死なず、自分はこんなところにいなかったかもしれない。

アシトは思う。自分は何も成長していない、と。

今あるものを手放すことができず、危機を見誤り、怪物の波に呑まれて、周囲の人を失う。

あの日から何も変わっていない。何一つ、自分は——……


【——善波君】

ふと指導官の《声》が聞こえた。それは穏やかな声だった。あの日、弟を抱きかかえて走った姉のような、穏やかな声。

【呑まれるな。君はまだ、何も失っていないだろう】

しかし、今、失おうとしています。

【思い出せ。全てが、君の手の中にあるんだ】

いつだって、大切なものをつかみ損ねてきたんですよ。

【それでも、ずっと手を伸ばし続けてきただろう】

それしかできなかっただけです。

【君にできることはなんだ】

ギデオンに乗ることです。

【君が望んだことはなんだ】

ギデオンに乗ることです。

【君がしてきたことはなんだ】

ギデオンに乗ることです。

【三千時間が君の血肉だ。善波君、君なら怪物を倒す怪物になれる】

記憶を突き抜け、意識を蹴破り、感覚が浮上した。

魚の鼓動、船の鼓動、レヴの鼓動、そしてギデオンから響く仲間たちの鼓動。制御殻に響くあらゆる海の音が、アシトの迷いを押し流す。

【──ありがとうございます、指導官】

その時、澄み切ったアシトの思考と呼応するように、四腕型の全身が透き通るような純白に染め上げられる。

覚醒の瞬間だった。

アシトは電離態加速槍を構え、急速潜行。

【僕が、止めます】

一体のレヴが正面から襲い掛かる。それを一閃。炉核を胴体ごと両断する。最大出力のプラズマによって槍は白く燃え輝き、触れた海水が沸騰する。槍の軌道を水泡が追い、レヴの黒い血をかき混ぜた。

アシトは続けざまにもう一体のレヴを突き殺し、電離態加速槍を素早く振り回す。まるでそれが水中であることを忘れるような身軽さで、怪物殺しの一振りが四腕の間を煌めいた。

制御殻には冴え冴えとした聴覚による音像が広がり、全ての敵の位置が見えている。アシトが考えるまでもない。もとより頭を回していたら、怪物の速さにはついていけないのだ。ただ腕の望むままに槍を動かす。すると、レヴの肉体が次々に切り離されていく。

たちまち五体を葬り去ると、わき目もふらずアシトは沈降した。指導官のギデオンは傷を負いながらも、いまだに刀を振るっている。動きを止められることはあれど、勢いは衰えることなく、また一体、また一体と、敵の炉核を刺し貫く。

アシトもまたその戦場に突っ込み、六腕型の肩に噛みついていたレヴを両断した。残る敵は三体。アシトと指導官を前にして、それはもはや全く脅威ではなかったのだが、

「おい！　どうなってんだ！　聞こえてんのか！」

再び船から放たれた通信に、残っていたレヴたちが反応した。アシトは即座に近くの一体に

向かって槍を突き出すが、炉核をかすめたらしい。敵は動きを止めず、ギデオンの首に嚙みつこうとしてくる。アシトは第二左腕でその顎を受け止め、もう一度、今度はたがわず相手の心臓をめがけて、槍を突き出した。

指導官もまた、一体のレヴの抵抗に戸惑っていた。それは二本の刀で貫かれながらも、お返しとばかりに六腕型の首に嚙みついている。アシトが加勢しようとすると、指導官の個人チャネルが開いた。

【上だ！　追え！】

アシトが気づいた時には、残った一体が水面に向かって昇っていた。エリンは固まって動くことができず、残った二体のギデオンも同様。レヴは移動を始めていた船団長の船に向かって、まっすぐ突き進んでいる。

アシトは亡骸から槍を引きぬくと、最大推力で上昇を開始した。電離態加速槍の推進力も合わせて加速するが、間に合わない。レヴは船底にぶつかり、船は悲痛な金属音を響かせた。衝撃で数人の船員が海に落ちるが、レヴはわき目もくれずに船へと腕を絡みつかせ、それをへし折ろうと力を加える。もはや数瞬の猶予もない。

しかし、その時アシトの思考は驚くほど静まり返っていた。見つめていたのは、ただ一点。怪物の心臓、疑似鼓動音を放つ炉核だけ。船の軋みや波音に隠れた、その小さな的に向かって、ギデオンが滑翔する。

そしてレヴに衝突する寸前、全ての力を電離態加速槍に込めて、投げた。

槍は怪物の真下から肉を裂き、そのまま突き抜ける。数秒後、レヴを貫通して宙に舞った槍が着水するが、その矛先にはしっかりと炉核が刺さっていた。

【……っ】

思わず安堵の息が漏れる。レヴは絶命し、船は沈没を免れた。もしも身体ごとぶつかっていたら、その勢いで船を転覆させていたかもしれない。だからこそ、槍のみで炉核を破壊することが正解だった。だが、そう考えていたわけではない。身体が勝手に動いたのだ。

【全目標、沈黙。これより態勢を整えて帰港する】

指導官の少し疲れた《声》が聞こえる。彼女は最後まで絡みついていたレヴの骸を押しのけると、ゆっくりと浮上を始めた。

その途端、アシトの心臓は今頃になって激しく打ち鳴らされる。緊張の糸が切れ、抑えられていた恐怖や興奮によって一気にアドレナリンが噴き出した。

生き延びたこと。今度は確かに守れたこと。四年前のように、かろうじて手に入れた幸運ではない。自分たちの力でレヴの一群を殲滅した。その事実に感情がまだ追い付かなかった。アシトがただぼうっと漂っていると、いつの間にか指導官が傍にいて、レヴの炉核が刺さったままの電離態加速槍を手渡してきた。

その時アシトが指導官に話しかけることができたのは、やはり軽い興奮状態だったからだろう。アシトはレヴに邪魔された言葉の先を改めて続けた。

【あなたを信じていないわけじゃありません】

【……】

【失望されたくなかったんです】

結局、言うべきことを言わなかったせいで彼女を失望させてしまったのだが。

指導官は何も言わず脇をすり抜けたが、アシトは背後で呟かれた小さな彼女の《声》を聞き逃さなかった。

【……お疲れさま】

アシトは槍に炉核を刺したまま、港への帰路に就く。

まるでレヴとの戦いなど嘘だったかのように、海はどこまでも静かだった。

◇◇◇

アシトたちが基地に戻ったのは午前四時過ぎ。船渠の浮桟橋にギデオンを繋ぎ、制御殻から出ると一挙に疲労が押し寄せた。

その要因は、レヴとの戦闘よりも、港へ帰るまでの船団警護にあった。レヴに船体を歪められ速度の出ない運搬船に合わせて、二時間近く警戒態勢を敷きながら移動したのだ。襲撃があったことでいつも以上に緊張が高まっていたのもあるが、指導官とアシトのギデオンの活動限界時間が近づいていた。再びレヴとの戦闘になれば今度はこちらが壊滅する。そのことへの恐れが一層のこと神経をすり減らした。

なんとか無事の帰港を果たし、ようやく休めると思ったら、今度は局長室に呼び出される。アシトはシャワーを浴びて着替えを済ませると、濡れ髪のまま校舎棟の三階へと向かった。

「失礼します」

局長室に入ると、コーヒーの香りが鼻をくすぐる。フォスター局長はアシトに向かいのソファに座るよう促してきた。そこには指導官も座っている。さっきまで任務を共にしていたにもかかわらず、彼女と会うのはすごく久しぶりのような気がした。六本あるはずの腕が二本しかないように見えて、アシトは一瞬ぎょっとしてしまう。

「どうぞ座って。わたしが淹れたコーヒーもありますよ。あまり美味しくはないけれど」

局長に再度促され、アシトは指導官の隣に腰を下ろす。コーヒーに角砂糖を八個ほど入れていると、なぜか局長に小さく笑われた。やはり砂糖の入れすぎなのだろうか。

アシトが気恥ずかしい思いをしながらコーヒーを啜っていると、局長が話を切り出した。

「お疲れのところ、ごめんなさい。今日の任務のあらましは大体風織大尉から伺ったわ。善波君は見事な活躍をしてくれたそうね。怪我人を一人も出さず、レヴを八体も倒したとか。そのうえ、ギデオンを覚醒させたんでしょう。トライトン社では、あなたが初めてよ」

「あ……」

戦闘中でろくに実感する余裕もなかったが、そういえばそうだった。ギデオンは搭乗者と機体との同調がある閾値に達すると、覚醒と呼ばれる変化が起きる。機体が固有の色に変わり、他の搭乗者には操れなくなるのだ。これで、白い四腕型はアシトのものになったといえる。

「ところで、善波君はトライトン社との契約を覚えているかしら」

「……」

局長の表情に変化はない。しかし、その不意打ちのような言葉に、アシトはゆっくりと血の気が引くのを感じた。

「あなたのギデオンはいかなる条件下でも戦闘を禁じられています。電離態加速槍の使用も許されているのは緊急移動、および逃走手段としてのみね」

「──局長、先にも言いましたが、戦闘は私が許可しました。それにあの状況下での単機撤退は部隊や警護対象を見捨てることになります」

指導官が割って入るが、局長は彼女が話し終わるのを待ってから小さく頷いた。

「見捨てなければならないのよ。それが契約だもの」

「しかし」

「それから、風織大尉には戦闘許可を与える権限はありませんよ。大尉は違反行為の教唆を行い、善波君はそれに従った、と言うべきね」

「……それならば、トライトン社が行っている違反行為に原因はないと？　そもそもレヴに接触したのは、船団が接続水域の外に出たからです。違法警護が常態化していた」

「それを止めなかったのは風織大尉も同罪じゃないかしら？」

淡々とした局長の応答に、指導官は言葉を詰まらせた。当然、密漁の協力は局長の黙認のもとで行われていたことだ。今更その責をとがめる資格は局長にはない。とはいえ、結果として指導官が共犯になってしまったことも事実だった。

局長はコーヒーを啜ると、再びアシトの方に向きなおった。

「そんな怖い顔しないでちょうだい。今のは事実を確認しただけ。あなたたちを罰したいという話ではないの。これはいい機会だと思ったのよ。これまでの関係……むしろ、これからの関係を考えるという意味でね」

「……クビですか」

アシトが尋ねると、局長は肩を揺らして笑った。

「逆ですよ、善波君。もう一度、契約を結びなおすのはどうかしらって」

「え？」

「もうあれから四年も経ったでしょう。大尉をお呼びしていることもそうだけれど、トライトン社は以前より兵士として活躍できる搭乗者を求めるようにもなっているの」

「兵士、ですか」

「わが社としては、本当にレヴと戦える人材が必要なのよ。だからこの際、武器使用が可能な契約を結びなおすのはどうかしら。レヴとの戦闘は国連軍に報告しなければならない以上、今回の手柄は全て風織大尉のものということで処理するつもりです。ただ、大尉がいなくなった後のことも考えなければならないでしょう？」

「それは……願ってもないことですけど……」

「もちろん、会社との交渉は必要ですよ。でも、今回の実績や指導官からの推薦もあれば、決して無理な話ではない。大尉も、善波君を随分と買っているようですしね」

「あ、ありがとうございます」

てっきり謹慎でも言い渡されるのかと思っていたアシトにとっては、瓢箪から駒だった。アシトは自然とうなじが熱くなる。別段、戦闘の機会を望んでいたわけではないが、戦う人員が求められているのなら、喜んで手伝うつもりではあった。気恥ずかしさと興奮が入り混じって、自分でもよくわからない感情が込み上げてくる。

「ただし、契約書には親御さんの承認が必要になります」

しかし、局長の次の言葉は、不意に沸き立ったアシトの心に鋭い釘を刺した。

「……保護者じゃ、ダメですか」

「法律で決まっていることなのよ。対レ法に基づいて、搭乗者一人一人の雇用形態は国が戸籍レベルで管理していますからね。これはわたしたちにはどうすることもできない」

「そんな」

　アシトにとって、それはあまりにも困難な要求に思われた。気仙沼を出ていこうとした父と喧嘩別れをしてから四年、連絡は一切取っていない。相手が生きているかすら分からないのだ。

「焦ることはありませんよ。ただ、これからもギデオンに乗りたいのなら、いつかは向き合わないといけない問題じゃないかしら」

「……はい」

　局長の考えは正しい。だからこそ頷いたものの、アシトは実際これからどうすればいいのか、まるで見当がつかなかった。

　アシトが呆然としていると、「それから」と局長が口を開く。

「ついさっき、太平洋沖に《大波》が出現したとの報告が入ったわ。観測浮標によれば、三百体ほどの群れだそうです」

《大波》。それはまさにアシトが戦闘を禁止されるに至った元凶だった。局長はアシトの心の内を探るようにじっと見つめてくる。

「分かっているとは思いますが、当面の間、ギデオン運用は領海内のみです。接続水域への侵入は禁止します。この機会に、よくよく今後のことを考えてみて」

　アシトは掠れた声で「はい」と返すことしかできなかった。指導官を置いて先に局長室を出ると、不意に悪寒に襲われる。湯冷めしてしまったのかもしれない。足取りも心なしか重くなっていた。今はただ、早く眠ってしまいたいという思いだけが募っていく。

校舎棟の入り口には見慣れた軽トラックが一台止まっていた。運転席では苅場船長が大きな体を窮屈そうにつづめて缶コーヒーを飲んでいる。アシトが助手席のドアを開くと、夜明け前とは思えないほど元気そうな声が響いた。

「なんだよ、随分と遅かったなあ！」

事情を説明するのも億劫で、アシトが「ごめん」とだけ答えると、

「怪我したのかと思って心配したんだぞ！　レヴにやられた船見て、ほんとひやひやしたんだからな。まあ、無事で何よりだが」

船長はアシトの顔をじっとのぞき込んで、「そりゃ疲れてるよな」と言って明るい笑い声を上げる。いつもより少し饒舌な彼の口調は、たぶん本当に安堵したからだろう。それはつまり、本当に心配してくれていた、ということでもある。

「早く帰ろうよ」

照れくさくてぶっきらぼうになってしまうアシトの言葉にも、船長は嫌な顔一つしない。軋むオンボロの車体に揺られながら、アシトは思ってしまう。どうしてこの人が、自分の父親ではないのだろうか、と。

アシトは父のことを嫌いではなかった。いや、人並みに慕っていたと言っていい。母と姉を失ってから、男手一つで面倒を見てくれたのは、やはり父だった。

しかし、《九龍警護事件》からしばらく経ったある日、父は突然「もう思い出したくないんだ」と言った。この街にいることが苦痛なのだ、と。アシトは「どうしても忘れたくないんだ」と言った。この街にいることが救いなのだ、と。だからもう、二人で暮らすことはできなかった。

しかし、本当に？

本当に、それは不可能だったのかと、アシトは時々思ってしまう。もっと落ち着いて、ゆっくりと話し合うことができていたら、父は分かってくれたのではないか。苅場船長のような大人がいるのだったら、父だって、分かってくれたのではないか。

「……聞いていい？」

「なんだ」

「僕の父親って、まだ生きてるのかな」

なぜかそう尋ねたとき、アシトは船長の顔を見ることができなかった。やがて、彼はいつもより少しだけ静かな声で言った。

「生きてるよ」

「……そっか」

「会いたいのか」

「……いや……ただ、契約の書類に署名してほしいから」

実際、アシトは自分が父に会いたいのか会いたくないのか分からなかった。もしも生きていなければ、悩むこともなかったのだろうかと一瞬考えたが、それはさすがに親不孝だろう。

「なんで船長は生きてるって知ってるの」

「そりゃ……お子さんを預かってる身だからな。連絡は定期的にとってるよ」

「どれくらい」

「月一」

「そんなに？」

「……なあ、アシト」

少しだけ船長の語気が強くなった。それにつられて運転席の方を見ると、船長は路肩に車を止めて、アシトを見つめてきた。

「君のお父さんは、君を捨てたわけじゃない。ここにいることが難しかっただけだ」

「それは……捨てたようなものだと思うけど」

「アシトにとっては、そうかもしれない。……でも、お父さんだって、どうしてもできないことはあるんだよ」

「……どうして船長がかばうわけ？　あの人のせいで迷惑かけられてるのに」

「迷惑なわけないだろう」

船仕事で鍛えられた船長の声は、決して怒鳴っていないのにアシトの息を止めるのには十分

すぎるほど迫力があった。しかし、船長はすぐに、しまった、とでも言うように眉を顰めて、

「そんなわけがない」

と繰り返した。それから、ふとハンドルに凭れるようにして前を見つめる。

「……俺にも、できないことはある。できなきゃいけないのに、できないことが沢山あるんだ。だから、アシトのお父さんの気持ちも分かる」

「船長は……あの人とは違うよ」

アシトの言葉に、船長は何も返さない。彼は静かに微笑んで、車を発進させた。

「家に帰ったら、電話番号を教えるよ」

船長は最後にそう言ったきり、もう話をしようとはしなかった。

車窓から、まだ明かりのついている気仙沼基地が見えた。さっきまで眠りたくて仕方なかったはずなのに、アシトは今すぐギデオンに乗って、あの海の音に浸りたいと思ってしまう。そして、じくじくと胸を刺す全ての感情を、洗い流してしまいたい、と。

しかし、ギデオンに乗り続けるには父の許しがいる。

レヴを何体殺そうが、漁師を何人救おうが、関係はない。

自分はどこまでいってもまだ子供なのだと、アシトは思う。

◇　◇　◇

二人きりの局長室は剣呑とした空気に支配されていた。

善波君が心ここにあらずといった表情で退室しても、ユアは席を立たなかった。コーヒーは既に空になっていて、二杯目が注がれる様子はない。それでもまだ疲労で思考を鈍化させるわけにはいかないと、ユアは角砂糖をそのまま二個口に放り込み、かみ砕いた。

局長はその様子を見つめながら、

「……大尉とはお話の途中でしたね。何点か、些細な確認をさせていただきたいのだけれど」

と切り出す。

「まず今回の戦闘報告について、レヴとの接触は偶然接続水域に入ってきた一群と遭遇した、ということでいいかしら」

「構いません。必要であれば署名もしましょう。口約束では信じられませんか」

「いいえ、そういうことじゃないの。分かってるわよ、風織大尉は賢い方ですからね。今回の件が公になった場合、それを監督していたあなたも火の粉を被ると分かっている」

それはもうほとんど脅しであることを隠していないのではないか、とユアは内心呆れてしまうが、同時に、この程度のつじつま合わせは十分想定の範囲内だった。米国を中心とする国連軍は軍備管理の観点から、民間のギデオン運用に対して実質的な行政指導が可能となっている。哨戒水域での密漁協力など、ばれれば即座に運用資格の剝奪対象だろう。とはいえ、日々高まるギデオン需要を満たすうえで、国連軍は民間企業に委託しなければならない案件も多い。両者は持ちつ持たれつの関係なのだ。

「波風が立つようなことは私も望んでおりませんので。ご心配は無用です」

ユアはダメ押しをすると、局長は「それはよかった」と満足そうに微笑んだ。しかし、彼女はその微笑を口元に湛えたまま、尋ねてくる。

「風織大尉は、彼をどう思っているのかしら?」

「彼、とは」

「もちろん善波君のことですよ」

いきなりの問いかけに、ユアは少し戸惑う。その問いに答えにくい、というのではなく、局長がどのような意図で尋ねているのか、分からなかったのだ。

「……先ほども言ったように、優秀だと思いますよ。国連軍でも十分にやっていけます」

実際、十分どころか、主力級の機体になることは間違いなかった。搭乗時間から考えれば練度は申し分なく、既に《複脳》も発現している。機体も覚醒した。文句のつけようがない。

それは誰が見ても明らかだと、ユアは思う。

「国連軍でも、というのは仮定? それとも希望かしら」

「……それはどういう……」

「大尉は、善波君をスカウトする気があるのか、ということです」

その思いがけない問いに、ユアは今度こそ本当に言葉に詰まった。その沈黙の間も、局長は探るような視線を決してユアから外そうとしない。

「これまでの訓練報告書を読ませてもらいましたが、大尉が善波君を評価する際、随分と『国連水準』という言い回しがありましたよ。ご自分でお気づきにはならなかった？　大尉の中で、彼と一緒に戦うイメージができあがっているんじゃないかしら、と思ったの」

「いえ、あの」

「もっと言えば、これからも彼と一緒に戦いたいと思っているのではないか、と」

ユアは自分でも驚くほど、混乱して頭が回らなくなっていた。それがかえって局長の指摘の正しさを証明しているようで、ユアはますます思考が麻痺していく。

確かに、自分は彼の力を評価している。そこに嘘はない。ただ、それは指導官として客観的に下した判断ではなかったのか。国連水準という表現など、別に分かりやすさを優先して使ったに過ぎない。だが、こうして動揺しているということは、そこに指導的判断以上の何かが入っていた、ということではないか。

「もちろん……彼のような優秀な搭乗者が来れば、心強いとは思います……」

絞り出した言葉が、局長の問いから逃げているという自覚はあった。

実際、相手は容赦（ようしゃ）なくユアを追いつめてくる。

「それは困りますね。我々は善波（よしなみ）君を手放すことはできませんから」

そして、ユアが口を開くよりも先に、局長は続けざまに尋（たず）ねてきた。

「ところで、風織大尉（かざおりたいい）は、民間における覚醒（かくせい）機体の保有数がどれほどか、ご存知かしら」

「いえ……」

「三パーセントよ。ほとんど、ない、と言ってもいい。どうしてかは、分かるでしょう?」

「すべて、国連軍が回収するから、ですか」

「国連軍に集まるような制度があるから、ですよ。危機人権条約で、民間の搭乗者（とうじょうしゃ）雇用（こよう）は規定枠が設定されています。子供たちの人身売買を抑制（よくせい）するため、という名目だけれど、国連軍だけは国際機関として例外。いくらでも高値でスカウトできる。違法（いほう）訓練された身元不明の子供たちが一番多いのは国連軍だという話もありますね」

「……しかし、国連軍が担（にな）う任務は相応の実力が求められるので……」

「それは我々も同じです。さして要求されるものは変わらないのに、ギデオンの能力差があるせいで、《九龍（カウルーン）警護事件》は起きた。……今もたびたび起きている、と言ってもいいでしょう」

「……」

「民間のギデオンが戦争のただなかにあることは大尉もご存じのはずです。防磁有線（Wi-Fi）の普及に伴って、大陸間をつなぐ海底ケーブルの需要は留まるところを知らない。中露と欧米は競（きそ）い合（あ）

うように大蛇を敷設している。本来は国連軍が対応すべき危険なケーブル敷設警護が、民間にも依頼されているのです。搭乗者の死者数も年々増えています。我々が覚醒機体を確保したいと思うのは当然でしょう」

相手の理論武装は万全だった。実際、ユアにも局長の話が一理あると感じている分、反論の言葉が出てこない。

ユアが押し黙っていると、局長は幾分か口調を和らげて言った。

「もちろん善波君自身の考えもあるでしょうね。……ただ、彼にとっては、彼の故郷を守るという仕事を続ける方がいいんじゃないかしら。それが、わたしたちにとって一番、波風の立たない形だと思いますよ」

なるほど、とユアは得心がいく。一個目の脅しは、結局このためにあったのか、と。

共犯者に仕立て上げておいて、トライトン社の意に従わなければ暴露して道連れにするぞ、と言っているようなものだろう。もしもそんなことをされれば、ユアは軍法会議にかけられ、善波君と共に戦うことはできなくなる。

初めてこの基地を訪れた日、局長の口から出た「猛獣使い」という言葉が思い出された。

やはり、自分もまた猛獣の一匹に過ぎなかったということだ。

「……調教がお上手ですね」

ユアがソファから立ち上がりながら吐いた皮肉に、局長はいつもの穏やかな笑みを返す。

「それが大人の役目ですから」

局長室を出ると、ユアはまっすぐに屋上へと向かった。いつからか、屋上で海の音を聞きながら夜空を眺めるのが日課になっている。まるでギデオンに乗っているかのような心地よい感覚が、身体の隅々にまでいきわたり、その日あったことを全て忘れさせてくれるのだ。

しかしこれも彼への執着なのだろうか、とユアは屋上の扉に手をかけながら思う。

海の音を聞きながら、いつまでも夜空を見上げたあの日。私たちは似ているかもしれない、とユアは思った。三か月の出向が終われば、もう二度と会うことはないだろう。そのことを考えるとき、ずきりと胸がうずくのはなぜなのだろうか。

扉を開くと視界いっぱいに星空が広がった。屋上からの眺めはいつもと変わらず素晴らしい。

しかし、今日は先客がいた。

宮園さんが手摺りに手をかけて海を眺めている。いつもは結っている髪を下ろした彼女は、扉を閉める音に気が付いて振り返った。月明かりに照らされて、濡れた頬が光っている。なんとなく、ユアは気づまりなものを感じて帰ろうとした。

「……待って」

しかし涙に潤んだ宮園さんの声に引き留められた。そのまま突っ立っているのもきまりが悪いので、ユアはおずおずと彼女に近づく。しかし下瞼を腫らした相手に、なんと声をかければよいのか。そもそもユアはその涙の理由が分からない。

すると、宮園さんは手で頬を拭い、小さく笑う。

「情けなかったのよ。今日……本当に役立たずだったから」

「……そんなことはない。君が漁業組合との慣習を教えてくれなければ、私は強硬手段をとっていたかもしれないし……」

「そのせいで、レヴに襲われたんじゃない」

「それは結果論だろう。今日ではなくても、いつかはこういう事態が起きていた。今回は怪我人もいなかったのだし、気に病むことはない」

「それも結果論よね」

ユアが言葉に詰まると、宮園さんは小さくかぶりを振って、

「ごめんなさい。……でも、もしあなたがいなかったら、皆レヴに殺されていたのかもしれないって思って……自分に腹が立ったの。あたし、何もできなかった」

「……初めての戦いで満足に動ける者なんていないよ」

「でも、アシトは戦えた」

「彼は……」

四年前に戦闘を経験している、と言いかけてユアは口をつぐんだ。おそらく彼女が言いたいのは、そういうことではないだろう。

「……あたしね、舐めてたの」

「……」

「どこかで……自分はアシトを守るんだって思ってた。……これはギデオンの話じゃなくて、人としての話よ。あいつはいつまで経ってもギデオンに乗っていて、友達だって作ろうとしないから……あたしが世話しないとダメなんだって。きちんと現実を受け入れて、大人になれるように、あたしが引っ張ってやらないとって……」

宮園さんは胸に詰まったものをなんとか押し出すように、一度小さく息を吐いてから続ける。

「でも、今日分かったのよ。アシトは別に、あたしのことなんか要らないんだって。あいつはギデオンの世界で、本当に生きていける。あたしはただ、それについていけないだけ。勝手に分かったふりして、自分ができないことから逃げていただけだって」

「戦場に出る必要がないのなら、それに越したことはない。自分で言うのもなんだが……大人になれば、いずれ役に立たなくなる技能だ」

「そうね。だからあたしは塾に通うし、友達とのカラオケだって付き合うわ。でも、アシトがこっちに来る気がないのなら、それって意味ないじゃない」

「……そうなのか？　必ずしも君が彼と同じ道を歩む必要はないだろう」

ユアが首をかしげると、一瞬宮園さんはきょとんとして、それから噴き出すように笑った。

「義務じゃないわよ。あたしは、あいつと同じ道を歩みたいから言ってるの」

「……それは、その……」

「あたし、あいつのこと好きだもん」

彼女はその言葉を、どこか誇らしげな表情で言った。子供が自分だけの宝物を誰かに見せるような、そんな温かで、幸福そうな表情で。

「君たちは……もしかして、つ」

「付き合ってない」

「……そう……か。でも、告白とか……」

「するもんですか。あたし、決めてるの。いつか絶対、あいつから告白させてやるって。今、アシトの頭の中にはギデオンしかないけど、もしも向こうから言ってきたなら、本当にあたしのことを考えてくれたんだって、思えるから」

「……どうして、そこまで?」

「どうしてって……随分突っ込むじゃない。意外と恋バナとか好きなのね」

「あ、いや、私は……こういう話を聞くのが初めてで……」

ユアがしどろもどろに答えると、宮園さんは微笑んで、「恩人だからよ」と言った。

「あたし、四年前に東京から引っ越してきたんだけど、全然周りになじめなくて、いじめられてたの。同じクラスにいたアシトも……昔からあんな感じで浮いてたから、とりあえず仲良くしようとして、ここに来たのよ。まあ、あいつが特別何かしてくれたわけでもないんだけど……とにかく、一緒に海を泳いでも、アシトは嫌がらなかった」

「……」

「それだけ？　って思ってるでしょ」

「……いや、その……」

「それだけよ。でも、当時、あたしは本当に寂しくて、苦しくて、子供なりに必死だった。だから、一緒に泳いでくれる人がいるだけで、本当に……本当に救われたのよ」

「……でも、その時から、ずっと？」

「それは……まあ、そうだけど」

「君は一途なんだな」

ユアが何気なくそう言うと、なぜか宮園さんは耳の先まで真っ赤に染める。今更恥ずかしくなってきたのか、彼女は咳払いをすると、「それで、本題なんだけど」と言う。

「……本題？」

「そう、あなたに頼みたいことがあって」

「え」

「ギデオンの特訓をしてもらえないかしら。これからは、できる限り通常訓練も参加するつもりだけど、塾とかがある日はどうしても無理なの。だからその後、少しでいいから、戦闘訓練をしてほしい」

「……それは構わないが……」

なぜ、善波君を好きだという話から特訓の話になったのか、ユアには分かりかねた。すると、その疑問を見透かしたように、宮園さんは言う。

「ちゃんと、アシトを守れるようになりたいから」

涙の名残に輝く彼女の瞳は、ユアが息を呑むほど真剣だった。

「レヴと戦うことは怖いし、嫌よ。アシトにも、危ないことはしないでほしい。でも、それでもあいつがギデオンに乗るっていうなら、あいつを守れるくらい、あたしが強くなるしかない。あたしがいなきゃダメだって、分からせてやりたい。……だから、協力してほしいの」

お願い、と言って宮園さんは深く頭を下げた。

「……わかった」

と答えながら、しかしユアはまたずきりと胸がうずくのを感じる。

善波君がこの街でギデオンに乗り続け、その隣には宮園さんがいる。トライトン社は信頼できる搭乗者を抱え、地元住民との友好な関係を守ることができる。

それで世界は満ち足りているではないか。

何も不満はない。

不満はないはずなのに、なぜこうも空しいのか。

「……指導官」

ふと顔を上げると、宮園さんは優しく、しかし逃れようのない眼差しでユアを見つめていた。

「一つ、質問してもいいかしら」

だめだ、とは言えない。だが、ユアは今すぐここから離(はな)れたくてしかたがなかった。

それはもう、その表情を見て、彼女の問いが分かっていたからだろう。

そして、その問いがどんなに致命的か、分かっていたからだ。

「……あなた、アシトのこと、好き？」

アシトが父の連絡先を知ってから、二週間が経とうとしていた。

その間、一度たりとも電話はしていない。アシトは携帯電話を持っていないため、連絡しようとすると誰かの電話を借りるか、公衆電話を使うしかない。船長がいる手前、家の電話を使うのも妙に気が引ける。そのことが連絡を先延ばしにする体のいい言い訳になっていた。

苅場船長によれば、アシトの父は息子のことを今でも気遣っているらしい。できれば顔を合わせて話もしたいが、無理に関係を戻そうとするのは悪影響だろうから、直接連絡することを我慢している、と。

父親のことは信用できずとも、船長の言葉は信じられる。父親が連絡を待っていることは本当なのだろう。船長が言ったように、父親は父親の考えや気持ちがあって、気仙沼を離れる決心をした。それも本当なのだろう。

だが、アシトの中にあったのは、ひたすらに面倒だ、という思いだった。契約更新の必要がなかったら、別に父親のことを思い出すこともない。もはや父親の不在が日常であって、それで何も問題はないのだ。父親のことを考えると、アシトは家族のことを考えてしまう。家族のことを考えると、十一年前のことを考えてしまう。自分の幼さと愚かさと罪を思い出してしまう。頭の中の父親という引き出しを開いた途端、普段は奥底で眠っている様々な苦くて痛いものが一緒に噴き出してくるのだ。そして、それはかつて、この街を覆った瓦礫と泥のように、あらゆるものにへばりついて、離れなくなる。

アシトは毎晩、国道沿いに点在する公衆電話の前までやってきては、紙切れに船長がメモをした電話番号をじっと見つめたまま、一時間も二時間も立ち尽くした。

五分で済むことだと分かっていても、できなかった。

どうすればいいのか、何も分からなかったのだ。

「……なあ、善波……」

「ん？」

「お前、そんなに食うやつだったっけ」

芝崎が怪訝な様子でアシトの机を見つめていた。アシトは空になった菓子パンの袋と黒板の上の時計を見て、自分が今昼休みの教室にいることを思い出す。父親に関して悩むことが増えたせいか、最近は、気づくと時間が経っている。

「……え？」

「だから！　食いすぎだっての！　俺より食ってんじゃん！」

「菓子パン一つだよ？」

「……お前、休み時間のたびに食ってるだろ……」

そう……らしい。あまりアシトはよく覚えていない。

ただ、昨日の夕飯の際、船長が「なんで四合の米が一回で空になるんだ!」と嘆(なげ)いていたことは確かだ。

「なんだか、知らないうちに食べちゃうんだよね」

「気持ち悪くならないのかよ」

「……まあ、うん」

アシトはいつもの習慣で本を読み始めるが、芝崎(しばざき)は気にも留めず会話を続けてくる。

「善波(よしなみ)って、勉強してる?」

「……なに、急に」

「試験勉強、やってるかって話だよ。中間、もうすぐだろ」

「そういえばそうだっけ」

「お前、ほんと学校のこと興味ないよな……。でも、いいのか~? 補習になったら、大好きなギデオンにも乗れなくなるぞ」

「え、なんで」

「そりゃ、放課後居残りだからな。ちなみに、この前の英語小テスト、何点だった」

「四」

「……百点満点だぞ？　いつも本読んでるキャラでそれは、結構恥ずかしくない？」

　別に恥ずかしくはない。だが、補習授業は確かに困る。怒られるのは構わないが、仕事に支障をきたすような事態は避けたかった。すると、沈黙の意味を勘違いしたのか、芝崎は突然にんまりと笑い、

「……なあ！　勉強会しようぜ！」

「別にいい。どうせ芝崎のことだから、宮園さんを呼んでくれ、とかでしょ」

「分かってるじゃん」

「最近トライトン社の訓練にもよく出てるから、絶対無理だよ。忙しそうにしてる」

「ダメもとでいいからさ〜幼馴染なんだろ〜」

「だから、同僚だって……」

「一回でいいから、な！」

「——いいわよ」

「「え」」

　気づけば隣に、宮園エリンその人が立っていた。片手には「午後十八時、三方水産の養殖ホヤ収穫警護」と表示された携帯電話の画面がある。エリンは最近、いちいち廊下に呼び出す方が周囲の注意を引くと気づいたのか、堂々と教室まで入ってくるようになっていた。

「……いいんすか！」

目を輝かせ、腰を浮かせた芝崎に、アシトは「いやあ、迷惑をかけるから……」とやんわり辞退を提案するが、エリンは小さくかぶりを振る。

「ご心配には及ばないわ。きちんと給料は出るし。善波君が補習で出勤できなくなると困るから、局長に面倒を見るよう頼まれてるの」

そして、なぜか背筋が凍るような笑みを浮かべて、

「気にしないで。私たちは同僚でしょう？」

アシトとしては、もう返事のしようがない。芝崎はしきりに頷いて、

「これで決まりだな！」

とこの日一番の元気な声を上げた。

◇◇◇

勉強会は二日後に開かれることとなった。場所は観光客も多い内湾地区の老舗喫茶店。同じ高校に通っているのだから図書室でいいじゃん、というアシトの意見は芝崎によって却下された。彼曰く、「こういうところでやるのがいいんだろ、青春っぽくて！」らしい。

実際、芝崎の選択はエリンに好評だったようで、彼女は席に着くなり名物のイチゴババロアを注文し、うずたかくイチゴが積まれた一品が運ばれてくると、嬉々としていた。そして一

瞬にしてぺろり。ギデオン搭乗者特有のその見事な食いっぷりには芝崎も言葉を失っていた。

しかし、いざ勉強が始まれば、そこからは修行のような時間である。アシトは各教科の重要なポイントをまとめたエリンのノートを読まされ、暗記とテスト、暗記とテスト、その繰り返しだった。勉強会の発案者というだけあって、芝崎の学力も中々危ういことが発覚し、結局エリンは二人の面倒を見る羽目になっていた。それでも嫌な顔一つせずに教えてくれるあたり、トライトン社で慕われるのも尤もだ、などと思っていると、勉強に集中しなさいと睨まれる。

とはいえ二時間も過ぎると、さすがにエリンの表情にも疲労が浮かび始めた。静けさにふと顔を上げると、エリンがうつらうつらと舟をこいでいる。芝崎に至っては完全に机に突っ伏していた。

「……エリン、大丈夫？　少し寝たら？」

声を潜めて声をかけると、彼女は慌てて目をこすり、

「あたしのことはいいの。お金貰ってるって言ったでしょ」

「エリンは自分の勉強できてないし……働きすぎじゃない？」

「アシトには言われたくないんだけど」

エリンはむっと口をとがらせるが、その眼差しにはいつもの覇気がない。アシトはふと思い立ち、半分ほど残っていた自分のバナナパフェを差し出した。

「とけちゃったけど食べる？」

「……食べる」

エリンはむすっとしながらも、スムージーのようなパフェの成れの果てを食べ始めた。その様子を見つめていると、なぜか彼女の眉間にますます皺が寄っていく。

「なにがおかしいのよ」

「いや、この前の年末もこんな感じだったなあと思って」

冬休みが始まるなり突然家にやってきて、「ちゃんと受験勉強してる？」である。その時も地獄のような詰め込み学習をしてもらったのだった。

「あれは冬休み前の模試でＤ判って聞いたから……」

「もし僕が受験失敗してたら、会社の連絡係もしなくて済んだのにね」

「……迷惑だったって言いたいの？」

「ううん、おかげで姉さんが行くはずだった高校に行けたから。エリンには感謝してる」

「ふーん」

彼女は気のない相槌を返したが、それでも口元には微笑が浮かんでいる。アシトがそれを見つめていると、まるで笑みをしまい込むようにエリンは紙ナプキンで唇をぬぐった。それから、

「それ、なにしてるの」

とアシトのノートを覗き込んでくる。視線を落としてみると、右腕が勝手にエリンのノートを書き写していた。

「うわっ」

　ぎょっとして初めて、その動きが止まる。エリンはしばらくアシトの顔を見つめていたが、やがて反応が演技ではないと判断したのか、真剣な表情でこう言った。

「それ、《複脳》現象の一種よ」

「なにそれ」

「ギデオンとの同調が深まると、そういうことが起きるって指導官が話してた。勝手に腕が動くとか、人を見て、腕の数が足りない、って感じるとか」

「……よくないのかな？」

「ひどいと、陸上で生活できなくなるみたい。いつか人魚みたいに鱗が生えてくるかもね」

「そしたら、港に引っ越そうかな」

「時々グミを投げてあげるわよ」

　アシトはもはや陸では暮らせなくなった自分を想像した。陸で呼吸もできなくなり、足も尾鰭になった自分。しかし人魚でもギデオンは動かせるだろうな、と思う。むしろ今よりも操縦がうまくなるかもしれない。

「悪くないかも」

　そう呟くと、エリンが大きな溜め息を漏らした。アシトは一瞬自分の手を見つめ、再びノートを写し始める。芝崎は相変わらず、気持ちよさそうな寝息を立てていた。

あたしは塾があるから、と言ってエリンは先にバスを下車した。車内には首をのけぞりいびきをかく会社員のほか、誰もいない。遠ざかっていく彼女を横目で追いながら、隣に座っていた芝崎はぽつりと、

「なあ……宮園さんっていい人過ぎないか？」

「そうだね」

「これで赤点とったら、顔向けできないわ……」

「気持ちよさそうに寝てたじゃん」

「それはそれだよ」

彼はあっけらかんと言って、再び記憶を反芻するように目を閉じる。

「しかし……噂にたがわず人当たりがいいし、賢いし……どうして善波のお世話なんかしてるんだろうなあ」

「同僚……だから？」

「あれはただの同僚じゃないだろ〜。距離感がさあ」

「いや、エリンは幼馴染だから……」

「それ！　それだよ！　エリン！　宮園さんも善波のこと、アシトって呼んでたじゃん！」

「盗み聞きしてたのか」

「聞こえるようなところで会話しているほうが悪い」

芝崎に聞かれていたとわかったら、エリンはいったいどういう反応をするのか。相変わらず人前では苗字で呼ぶのを徹底しているが、最近アシトと呼ばれることが多い気もする。

それから彼はわざとらしく肩をすくめると、

「まあ、ほっとしたよ」

と呟いた。

「そんなに試験勉強不安だったの？」

「そうじゃなくて！　善波にも、ちゃんと宮園さんみたいな人がいるって話」

「……どういう意味？」

「そのまんま。あんなに善波のことを心配してくれる人がいるんだって、ほっとしたんだよ。善波って、俺以外、本当に友達作ろうとしないから」

別に芝崎にも頼んだわけではないのだが、確かに彼との関係は続いている。中学の頃は、五月にもなれば話しかけてくる者がいなくなったが、芝崎はもはや邪険にするのも面倒なほど絡んでくる。

「……芝崎って、ギデオンに乗りたいの？」

ふと思いついたことを尋ねると、彼は「は？」と顔をしかめた。

「んなわけないじゃん。ってか、なんで」

「いや、何かと僕やエリンにこだわるから」

「……俺は別に……」

と言いかけて、なぜか芝崎は黙り込んでしまう。存外彼の横顔が真面目で、アシトは口を挟むのが躊躇われるほどだった。

それから、どれほど時間が経ったのか。ある時彼はぐっと息を呑み込んで、言った。

「俺の兄ちゃんもさ、ギデオンの搭乗者だったんだよ」

思いもよらない告白だった。

「俺たち《大洪水》の後しばらく東京の親戚の家に避難してたんだけど、そこでいつの間にかギデオンに乗り始めて」

芝崎がそう言いながら、少しだけ眉を顰めた。

「消息不明。訓練中に海に行ったきり、帰ってこなかった」

「……」

「善波って……兄ちゃんに似てるんだよ。本が好きで、一人で飯食ってても全然平気そうな顔してて。いつもギデオンのこと考えてる。……まあ、だから放っておけなかったっていうか」

しかし、彼は突然慌てたように付け足した。

「いや、最初は、そう思ったってことだからな！　別にボランティアで友達続けるほど、俺もお人好しじゃないし」

わかってる、とアシトは小さく笑う。これほどまでに素直なやつだからこそ、アシトはどうして芝崎が自分のような人間とつるもうとするのか不思議だったのだ。それが今日ようやく腑に落ちた。

「善波って、めんどくさそうにするけど、無視はしないだろ。俺、なんかそれくらいがちょうどいいんだって分かったんだよ。なんていうか……いつも不安で喋りすぎちゃうから」

「今みたいに？」

「……そうかも」

芝崎は苦笑して、ようやく口をつぐむ。しばらく二人は黙ったままぼんやりと外を眺めていたが、その静寂を破ったのは珍しくアシトの方だった。

「芝崎は勘違いしてるけど、僕は本読むの、好きじゃないよ」

「いつも読んでるだろ」

「仕方なく読んでる」

「俺を黙らせるため？」

「それもあるけど……ある本を探してる」

「探すって……借りるなり、買うなりすればいいじゃんか」

「タイトルが思い出せなくて。だから、とりあえず沢山読んで、もしかしたら出会えるんじゃないかって」

「どんな話なんだ？　ミステリー？　恋愛？」

「分からない。ちゃんと読んだことないから」

「……それ無理じゃん。タイトルも中身も分からないとか、存在しないようなもんだろ」

「そうとも言える」

「……は？」

「姉が……《大洪水》で死んだ姉が、あの日に読んでたんだよ。僕は波に流されそうになったその本を掴んだんだけど、気絶して、気づいたら無くしてた」

「……」

「覚えているのは、それを読む姉の顔ばっかりで……無理だって分かってるけど、もしかしたら読んで思い出すかもしれないから。タイトルとか、表紙とか。そう思って、本を読んでる。思い出したところで、なんだって話だけど」

　こんな話をするのは、芝崎が初めてだった。芝崎とこんなに話をするのも初めてだったかもしれない。またしばらく沈黙が続いて、ふとアシトが横を見ると、芝崎ははらはらと双眸から涙を流していた。アシトは呆気にとられて、何も言えない。

　果たして、自分がどういうつもりで打ち明けたのか、アシト自身分からなかった。同情してほしいわけでも、慰めてほしいわけでもなかった。しかし、泣かれるのは予想外で、芝崎が見せた涙はアシトに深く沁み込んだ。

他人に、どうか自分と同じくらい悲しんでくれ、傷ついてくれ、と頼むことは難しい。芝崎には芝崎の失ったものがあり、アシトにはアシトの失ったものがある。みんな、自分の悲しみだけで手一杯になって生きている。少なくともアシトは、そうだった。だからこそ、他人のためにも悲しめる芝崎はすごい。それは本当に、心の底から尊敬できることではないか。

アシトが降りるバス停がやってきた。そっと座席を立つと、うるんだ声で、しかし努めていつもの明るい調子を装いながら、芝崎が言った。

「また、明日な！」

その時、なぜかアシトの目から一筋の涙が走り落ちた。アシトは振り返り、

「うん」

と言って、微笑んだ。

バスを降りると、夕暮れ時の湿った風が頬を撫でる。芝崎が乗るバスを見送ってなお、アシトはなぜか全身が淡く痺れていて、動けなかった。そして、すぐそばに公衆電話のボックスがあることに気づく。

アシトはボックスを開き、受話器を取って、百円玉を二枚入れた。もう何十回と眺めたせいで、メモを見なくても、父親の電話番号は押すことができる。

三コール目で、父親が出た。

「はい、もしもし」

その声に聞き覚えはなかった。一瞬、間違えてかけてしまったかと思ったが、黙っていると、

「もしもし？　善波ですが」

と相手が言う。アシトは空唾を飲み込んで、口を開いた。

「あ、あの」

「はい」

「アシト、です」

しばらくの沈黙。それはそうだろう。四年も音信不通だった息子から突然電話が来たのだ。電話の向こう側では父親が何か「すみません、ちょっと」と言って席を立つ音が聞こえた。やがて雑音が遠ざかると、改まった調子で父が言う。

「……ひさしぶりだな」

「すみません、突然」

「いや、いいんだ。大丈夫。問題ない。……元気にしてたか」

「まあ……はい」

「……そうか、それならよかった」

父が口を閉じ、それとなくこちらの用件をうかがっているとアシトは気づいたが、いざ話を

切り出そうという段になると、頭が真っ白になっていた。

例えば相手の近況を聞いて、東京の様子を聞いて、こちらの近況を尋ねられたら芝崎の話でもして、それから頼みごとを切り出す。何回も頭の中でシミュレーションしたはずなのに、実際に父親との会話が始まると、何も出てこない。

結局、再び父親が沈黙を破った。

「すまなかった」

「……え」

「お前を気仙沼に置き去りにしたこと、ずっと後悔してるんだ。本当にすまなかった。父親失格だ」

「いや……父さんにも事情があっただろうし……」

とっさに出てきた自分の言葉に、アシト自身が驚いた。おそらく父親がこうして謝る姿は、もう何十回、何百回と思い描いていたからこそ、それに対する答えもまた自然と出てきたに違いない。しかし、それは同時に、よくできた演劇を見ているような気分だった。父と子の和解という場面を、アシトも父親も互いに練習して、実演した。それだけのような気がした。

それゆえ、そこに続くアドリブパートはまるでぎこちない。

「どうだ……勉強は頑張ってるか？」

「……えっと……はい」

「大学は……どうするつもりだ？　宮城か、仙台か……アシトが望むなら、都内でももちろん……あ、いや、専門に行きたいのか？」

「いえ……」

「いや、まだ決まってないよなあ。高校一年だもんな。父さんも最後まで迷っていたし、うん。ああ、そうだ、部活はどうだ？　もし道具とか必要なものがあって、お金が足りないなら、用意するからな。そういう話か？　塾に行けるくらいのお金はあると思うが……アシト、聞こえてるか？」

「あ、すみません……」

気づけば、アシトの頭の中は痺れきっていて、自分が何のために電話をかけたのか、それを思い出すことで精いっぱいだった。そして、会話の流れなど無視して、切り出してしまう。

「あの、一つお願いがあって……トライトン社との契約に、署名をしてもらえませんか……？」

受話器の向こう側で、父親が息を呑むのが分かった。

「……トライトン社？」

「はい……あの、ギデオンの」

「いや、待ってくれ。……ちょっと……」

熱い怒気のこもった溜め息が聞こえた。アシトは、父親に対して気仙沼に残ることを告げたときも、彼が同じような溜め息を漏らしていたことを思い出す。

「……アシトは……まだ……乗っているのか？」

「……え……はい……」

「苅場さんはもう乗ってないと……言っていたんだよ。三年ほど前に辞めたと。……アシトは苅場さんに秘密で乗っているわけじゃないんだな？　彼は、知っているんだよな」

「あ、その……」

沸々と父親の声音に感情が乗っていくのが分かった。アシトの背中には脂汗がにじみ、心臓はどくどくと脈を打つ。父親はアシトと話すというより、独り言を漏らすように言った。

「そんなことはしなくてもいいんだよ。働かなくてもいいくらいのお金は送ってるじゃないか。そんな、もう高校になってまで……」

「自分は、お金が欲しいわけではなくて……」

「じゃあ、どうして」

父親は、お金以外の理由などあるはずがない、と言っているかのようだった。

「なあ、アシト――」

それ以上の言葉を聞きたくなくて、アシトは受話器を下ろした。

電話ボックスを出ると、潜水から浮上したばかりのように何度も深く呼吸をする。それでも、なぜか酸素は足りず、アシトの肺は針を飲み込んだかのように痛んだ。視界が回転し、やがて大地全体が回転を始め、ぐらりと体が傾いた。

◇◇◇

聞こえたのは、海の音だった。大きな水が走り、巡り、踊る音。

ゆっくりと目を開くと、すぐ近くに指導官の顔がある。

「大丈夫か、善波君」

高校のジャージに身を包んだ彼女が、アシトを見下ろしていた。それが膝枕から見た光景だと理解するのに数秒かかり、慌てて体を起こそうとしても、まるで金縛りにあったように動けない。それどころか呼吸さえうまくできず、咽喉からひゅうひゅうと情けない音が鳴る。

「慌てることはない」

指導官はそう言って、突然アシトの胸に手を当てた。反射的にのけぞったつもりが、やはり体は微動だにせず、彼女の手の下で心臓がとくとくと響いた。

「私が触れている部分に意識を向けて」

指導官はゆっくりと胸から首へと手を滑らせ、あごの先を通って微かに唇に触れる。それから不意に、ぱちん、とアシトの目の前で指を鳴らした。

すると、なぜか急に肺が膨らんだような気がして、背筋に力が入る。体を起こすと指導官が立ち上がり、アシトに手を貸してくれた。どうやら電話ボックスを出てすぐ気を失ったらしい。手には倒れた拍子にできた擦り傷がある。

自分の耳にMP3プレーヤーのイヤホンがついていることに気づき、指導官に返すと、

「発作を止めるには、これが一番なんだ」

と彼女は言った。

「……発作？　眩暈のことですか」

「その後の金縛りの方だ。脳が人間の動かし方を忘れて、ギデオン用に切り替わっていたんだ。陸に打ち上げられた魚になったようなものかな。だから海の音を聞かせて、落ち着かせた」

「……《複脳》現象、ですか」

「なんだ、知ってるのか」

エリンから聞いたばかりだ。さすがにアシトにも察しがつく。すると指導官は首を傾げ、

「……ところで、善波君は最近不眠症じゃないか？」

と尋ねてきた。

「それは、まあ……少し……」

アシトはここ五日ほど、寝床に入っても全く眠ることができていなかった。とはいえ、日中に眠くなるわけでもなく、自分が不眠症だという自覚はあまりない。これまでも本を読んで朝を迎えることは珍しくなかったし、それをつらいと思ったこともなかった。自分はそういう体

質なのだろうと勝手に納得していた。

「眠れないのも《複脳》が原因なんですか」

「原因というより、恩恵かな。要するに、《複脳》は脳が複数の処理を行う、ということだ。寝ている脳活動と起きている脳活動が同時に起きる、だから眠らなくなる」

「……本を読みながら自転車をこぐ、みたいな?」

「まあ、そういうことだ。人間の脳は元来マルチタスク用に設計されていない。できているつもりでも、ほとんどの場合総合的なパフォーマンスは下がる。しかし、《複脳》化すると、単一の意識に戻る方が難しい」

よそ見をしてもホームランが打てる、ということかとアシトは得心する。それからふと、指導官との模擬戦闘を思い出した。

「指導官が気絶しても動けたのは……」

「そういうことだ。国連軍のゾンビは不死身なんじゃない。人間の意識が失われても、別の何かがギデオンを動かすんだ。それは君の脳にもすでに、生まれ始めている」

「ゾンビというより、幽霊に取りつかれた人間ですね」

指導官は眼を見開くと、それからぼんやりと中空を見つめ、

「……かもしれないな」

と呟いた。彼女はアシトに視線を戻すと、

「最初は発作に慣れないだろうが、吐き気や眩暈を感じたら、落ち着いてしゃがみ込むといい。しばらくすれば自然と治る。それほど心配することはない。君くらいのギデオン乗りだったら、皆経験していることだ」

「指導官もですか？」

「私が最後に眠ったのは、九年前だよ」

平然と彼女は言った。九年もの間眠らないということが一体どういうものなのか、アシトは想像することさえ難しい。思い付きで口にした「幽霊に取りつかれた人間」という言葉が、今になって失礼だったのではないかと思う。

しかし、指導官はどこかおどけるように言った。

「私ほど《複脳》が進むと、何もないところで転ぶこともできる。ギデオンがうまく操れるようになる代わりに、人間として生きることが下手になったわけだ」

アシトは体育の授業で見た指導官を思い出す。そして、放課後病院で指導官を見かけたという噂も。《複脳》によってもたらされる恩恵も、やがては弊害で帳消しにされてしまうのか。アシトも運動が得意なふりをしていられるのは、そう長くないのかもしれない。

「ただ、二十四時間動けるというのは、むしろ便利なものだよ。腹が減ることを除けば」

指導官の手にはお菓子が詰まったビニール袋があった。近くのコンビニに買い出しに来たのだろう。クッキーやチョコレートだけではなく、菓子パンも袋からはみ出ている。するとアシトの視線に何を思ったのか、指導官は「ん、いや、違うぞ」と眉を顰めた。

「これは宮園さんと一緒に食べるから、多めに買っているだけだ」

「……一緒に？」

エリンは今日、塾に行ったのではなかったか。アシトの一瞬の疑問は、指導官の顔に浮かんだ動揺の色で、確固たるものになる。

「あ、いや、一緒というのは、そうじゃなくてだな」

「エリンと……特訓でもしてるんですか？」

「うっ……」

指導官が狼狽し、視線を彷徨わせる。それからアシトを見つめると、肩を落とした。

「先達からの助言だ。いくら脳があっても、賢くなれるわけではない……」

◇◇◇

父親の電話のせいか、《複脳》現象の反動か、アシトはどうしてもそのまま帰宅する気にはなれなかった。とはいえ、行くところと言えば一つしかない。船長には、基地で仕事をして帰ると連絡をして、まっすぐトライトン社の基地に向かった。

船渠ではフロートスーツをまとったエリンが水槽の縁に腰を掛けている。足音に気づいて振り返ると、唖然として固まっていた。

「コンビニの前で指導官と会ったんだよ。お菓子、代わりに持ってきた」

「……指導官は？」

「僕が基地に行くって言ったら、急用を思い出したって。それからエリンに『バレてしまった。本当に申し訳ない』だってさ」

するとエリンは溜め息とともに苦笑を浮かべた。

「なにそれ。アシトがあたしの特訓に気づくのだって、時間の問題だったでしょ」

「そう思うけどね。それに、どうして帰っちゃったんだろう。エリンが怒ると思ってたのかな」

「まあ……それもあると思うけど……」

エリンはまじまじとアシトを見つめると、小さくかぶりを振った。

「彼女なりに気を利かせたのかもね。ほんと、不器用すぎるけど」

「……どういうこと？」

エリンはアシトの問いに肩をすくめるだけだった。そしてお菓子の袋を受けとると、その中からグミを一袋取り出す。アシトがお気に入りのぶどう味。エリンはそれを差し出し、言う。

「指導官の代わりに、特訓付き合って」

「……僕でいいの？　武器は禁止されてるけど……」

「じゃあ、座って見学でもするつもり？　何のためにここに来たのよ」

「それは……」

お菓子を代わりに運ぶため、と言いかけて、アシトは口ごもる。そうではない。自分はただ、どうしても家に帰る気になれなかったから基地に来たのだ。父親のことを、もはや考えたくなかったから。正直に言えば、ただ、ギデオンに乗りたかった。

「あたしが頼んでるんだから、乗りなさいよ」

だからこそ、エリンの言葉が今は何よりもありがたい。

「手加減しないよ」

「上等よ。そっちこそ、成長したあたしにビビらないことね」

アシトがフロートスーツに着替えて船渠に戻ると、エリンは自分の双腕型の前に立っていた。口にチョコレートを三個放り込み、アシトに向けて挑戦的な笑みを浮かべる。

「特訓は鬼ごっこよ。沖合に出たら、あたしを捕まえて。触れたらアシトの勝ちね」

アシトは純白の四腕型に乗り込み、ギデオンを起動した。黒い緩衝液が肺に流れ込むと、一瞬の息苦しさがどこか心地よい。いつものように海の音や手触りが全身になじむと、いよいよ内臓のすべてが透明なガラスになったかのような清々しさを覚える。

これだ、とアシトは思った。

この感覚だけで、自分は満たされる。お金なんか関係ない。自分とギデオンと海だけでいい。

それが全てなのだ。どうしてあの人はそのことが分からないのだろう。

アシトは浮桟橋から手を離した。エリンのギデオンを追って船渠を出ると、拍動に似た微かな振動が全身に染み渡る。それは波が岸辺に触れる音。疑似鼓動音とも、人間の脈とも異なる、もっと大きくのんびりとした心臓の音。海は、この世で一番大きな生き物だと、アシトは思う。

基地から一キロメートルほど離れたところで、エリンは泳ぐのをやめた。それからゆっくりと振り返る。

【準備はいい？】

【いつでも】

【それじゃあ、始め！】

エリンの掛け声と同時に、アシトは水を蹴る。十メートルほど開いていた相手との距離を一息に詰めた。とはいえ海水の粘性のせいで、水中機動における瞬発力には限界がある。エリンも即座に身をひるがえし、下方に機体をひねった。そして、アシトと位置を入れ替えるようにして、浮上する。

再びアシトが接近すると、今度は右に旋回した。何度やっても同じ。まるで姿は見えるのにどうしても捕まえられない磯の小魚のように、エリンはアシトとの距離を徹底して守っている。

【本気、出してよ】

彼女の声は真剣だった。その瞬間、アシトは全身に細かな電流が走ったような気がする。

身震いのようなその感覚は、果たして人体の錯覚なのか、ギデオンの静かな興奮なのか。

いずれにせよ、このままでは近づくことさえままならない。怪物は怪物なりに泳がなければ。ただ水を蹴るだけでなく、電磁推進による加速を常にかける。方向転換は文字通り、アシトの腕次第。水の抵抗をとらえて無駄なく利用する。四腕型は腕が多い分、水流のコントロールは複雑になるが、自由度は高い。

アシトは渦を描くようにエリンの周囲を旋回し、不意に進行方向を変えて距離を詰めた。慣性によって強い荷重がかかるが、それでも速度は落とさない。見る間に相手の間合いへと入り込み、第一右腕をさし伸ばす。

だが、頭部にまっすぐ突き出されたギデオンの手は、水を掴んだだけだった。上に滑るようにして避けたエリンに向かって、第二右腕、左腕で追撃するが、それも機体を軽くそらしただけで躱されてしまう。

アシトは息をつくことなく、そのまま流れるようにエリンを追った。そこからは、もう止まらない。暗い海で二匹の獣が絡み合うように、二体のギデオンが泳ぎ回る。アシトの四つの腕が間断なくエリンに襲い掛かった。一瞬触れるだけでいい。しかし、その一瞬がどうしても難しい。

四腕型は双腕型と比べて加速能力に優れるが、相手を捕まえようとアシトが腕を伸ばすほど、水の抵抗は大きくなる。その微妙な減速の隙間を縫うようにして、エリンは避けるのに専念していたのだった。

アシトは全身のエネルギーが急速に消費されていくのを感じた。グミだけでは足りない。菓子パンの一つでももらえばよかっただろう。とはいえ、基礎体力で言えばエリンにはハンデがある。ギデオンの運動効率も、さすがにアシトの方が高い。それゆえ、この特訓は絶妙な均衡を保ちながら、互いの体力勝負になっていた。

そもそも、アシトの勝利条件はエリンに触れることだが、エリンの勝利条件は何もない。互いが諦めない限り、永遠に続く勝負ではないか。

しかし、だからこそ面白い。

アシトはただ、ギデオンの力を十全に発揮し、この海で泳ぐ気持ちよさに染まっていた。届きそうで届かず、しかし離れることもないエリンの機体、それがいつしか自分の体の一部のような感覚にさえ陥ってくる。

楽しい。楽しい。楽しい。

高揚する感情が、頭の底にたまっていた様々な淀みを押し流す。波と繋がり、海と繋がり、世界と繋がる。体が澄み、心は消える。

自分はもっと速く、もっと美しく泳げるはずだ。加速しろ。水を裂け。どこまでも、どこまでも、永遠に流れる一匹の怪物に——

【……降参よ】

ふとエリンからの通信チャネルが開き、力のない《声》が頭に響いた。気づけば双腕型の右腕をアシトの第一左腕が握りしめている。

【もう、電力切れ。あたしの体力もだけど】

エリンがそう言うと、ふわりと彼女の機体が脱力した。たちまちあたりには静けさが押し寄せて、アシトは言い知れぬ寂しさを覚える。一瞬、もっと泳ぎたい、という衝動が体の奥から噴き出すが、アドレナリンの支配はそう長くは続かない。活動限界に達し、漂うことがやっとのエリンを眺めていると、興奮は潮のように退いていった。アシトはエリンの腰に腕を回し、海面へゆっくりと引き上げる。

【エリン、すごいね】

【……きつい皮肉ね】

【本心だって】

それは本当に、アシトの心の底から出てきた言葉だった。ギデオンで泳ぐことは基本中の基本、しかし絶えず揺れる水の流れを読み、人体ではなくギデオンの規格に適した動きをすることは、そう簡単に身につくものではない。

【すごくないわよ。この特訓だけしてるんだもの】

【指導官が勧めたの？】

【そう、生存確率を上げるためには一番効率がいいって。あたしたちは戦い始めたら必ず勝た

なきゃいけない。必ず勝つためには、勝てる状況を見極める必要がある。そのために、退くという選択肢を常に持て、ってね】

【なんか……大人だね】

【えぇ？ 大人？ どういうことよ】

エリンはどこか呆れたようにそう言った。二体のギデオンは海面に達し、明るい月明かりが視界に差し込む。エリンはしばらく思案した後、【まあ、そうかもね】と呟いた。

【一つの道しかないって、思わない方がいいのよね。より良い選択肢があるかもしれないし。ほかの選択肢があって初めて、自分が本当に行きたいところがわかるかもしれないし】

【僕はそんなに器用じゃないけど】

【うん、知ってる】

エリンの《声》は穏やかで、アシトは固く閉じられた胸殻の向こう側に、彼女の笑顔が透かし見えるような気がした。そしてふと思い出す。

【昔も、こうやって夜に泳いだね】

【覚えてたんだ】

【僕と一緒に泳いでくれるのは、エリンだけだよ】

アシトはずっとギデオンに乗って過ごしてきた。流行りのゲームもドラマも知らない。遊びたいとも思わない。友人すら必要ないと思っていた。しかし、それでも平気だったのは、結局いつもエリンが一緒に泳いでくれると信じていたからだろう。

触れたギデオンの体越しに、エリンの小さな鼓動が聞こえた。きっと自分の鼓動もエリンにはよく聞こえているだろう。二つの鼓動は波音に溶け、どこまでも静かな心地よさがアシトを包む。ギデオンを通して見上げる夜空はあまりに緻密で、天を覆う星々は黒く滑らかな生地を覆う露のように見えた。それに触れれば、たちまち光が指を伝って流れ落ちる、そんな想像さえ容易い。

同じく空を見つめていたのか、エリンはどこか独り言のように呟いた。

【時々、全部嘘なんじゃないかって思うのよ】

【……嘘？】

【自分がギデオンに乗って、こんな夜を過ごしていることが信じられなくなるの。だって、兵器に乗って、怪物と戦って……そんなの漫画みたいじゃない？　あの《大洪水》の日にレヴが現れなかったら、世界はどんなだったろうって思うのよ】

アシトはそんなことを考えたこともなかった。もしもあの日、三月十一日にレヴがいなかったとしたら。この世にレヴもギデオンも存在しなかったとしたら。

姉と母は今も家にいて、父親も街を離れることはなかったのだろうか。放課後は部活に行って、時々さぼっては友人たちと遊んで、図書室の本をすべて読むこともなく、毎日大量のグミを食べることもなく、夜更けの海に耳を傾けることもない、そんな日々があったのだろうか。

あったかもしれない。でも、とアシトは思う。

【僕たちには、僕たちの世界しかないよ】

姉の死も、一生拭い切れない後悔も、すべてはこの世界に生きる、自分だけのものだ。

【きっと……レヴがない世界も、変わらないと思う】

【そう？】

【ギデオンに乗らない人だって、皆、それぞれに戦ってるでしょ。家も、学校も、戦場だよ。それに、レヴがないってことは、ギデオンがないってことだから。僕は嫌】

【戦わないで済むのに】

【でもこうやって、エリンと一緒に泳げない】

心優しい友人との出会いも、幼馴染と見上げる星空も、この世界に生きる自分だけのもの。

アシトはふと、自分は思っていた以上に、今の生活が好きなのかもしれない、と思う。比べることなどできないけれど、それでもできる限り、この世界を好きでいたいのだ。そうでなければ、命を懸けて守ってくれた姉に、申し訳が立たない。

【それはあたしも嫌かも】

エリンはそう言って少し黙り込む。それから、どこか息を呑むような緊張した声で、【ねえ、アシト】と呼び掛けてきた。

【なに？】

【あたしさ……】

しかし次の言葉を遮るようにして、共有チャネルに接続申請が入った。トライトン社から帰還の命令でも来たのかと思いきや、チャネルを接続した途端聞こえてきたのは、見知らぬ少女の《声》。

【Mayday. Ma――y. Mayday. Vodyanoy. Nor――cific】

レヴに探知されにくい擬波通信が使われているせいか、ノイズも混じっている。ただ、それがますます切実な印象を与えていた。

個人チャネルから聞こえるエリンの《声》は当惑に満ちている。

【ちょっと、これって……救難信号?】

アシトの脳裏に、忘れようもない四年前の記憶が蘇った。

【うん。ヴォジャノーイ社は確か……】

【ロシアの民間企業よね】

すると、再び共有チャネルの《声》が会話に割り込んできた。しかし、今度は聞きなじみのある言語が聞こえる。

【誰か、聞こえますか。応答願います。こちらはヴォジャノーイです。救援を求めます】

アメリカ資本のトライトン社でアシトが働いているように、当然ヴォジャノーイ社に日本語が話せる搭乗者がいるのはおかしなことではない。むしろ、日本の港が近いからこそ、この少女が救援要請を出しているのではないか。

アシトが個人チャネルの接続を申請すると、即座に相手と繋がった。そして、【あぁ……！】という安堵と喜びのこもった《声》が響く。

【よかった！　ヴォジャノーイです！　ありがとうございます！】

【こちら、トライトン社気仙沼基地のギデオンです。救難信号を受け取りました。……あの、そちらは戦闘中ではないんですか】

【あ、すみません！　大丈夫です。現在はレヴの小さな群れを二回退け、停船中。ギデオン十二体で大型コンテナ船の警護をしています】

【まだご無事なんですね】

【死傷者は出ていませんが……ギデオンの装備被害も大きく、搭乗者の疲労も激しいです。大きな襲撃がなければ、あと数日は耐えられると思いますけど……】

【ヴォジャノーイ社の救援はないんですか】

【要請はしていますが、弊社は《大波》に対処する人員が十分に確保できないため、国連軍に来ていただけないかと】

【了解しました。とりあえず基地に戻り、国連にも報告します】

四年前と比較すれば、まだ多少の余裕はあるということか。完全に船を止めて動かずにいる限り、彼女たちが《大波》と接触する可能性は低い。楽観的な予測はできないが、かといって今助けに飛び出しても意味がないことは、アシトも分かっていた。

しかし通信を切ろうとすると、【あのっ！】とヴォジャノーイ社の少女が声を上げた。

【お願いします！　どうか……見捨てないでください！】

見捨てるわけなどない。自分はきちんと報告をする。アシトはそう思っていながら、なぜか一瞬返答に詰まってしまった。なぜ彼女はそんなことを念押しするのだろう。助けに駆け付けず、報告をするというだけの約束に不安を覚えているのか。どこか冷淡に聞こえてしまったのか。実際、彼女たちがいつ《大波》と出合い、危険な目に遭うかはわからない。それでも自分は基地に帰り、家に帰り、いつも通り明日は学校に行く。それはどうしようもないことだ。アシトの胸の内に、罪悪感のようなものが全くないといえば嘘になる。しかし、それでも今はできることをするしかない。

【見捨てません。大丈夫ですよ】

なんとか絞り出したその言葉は、アシト自身どこか空虚に聞こえた。しかし、その会話を打ち切るように、気仙沼基地からの連絡が入る。声の主は局長その人。

【善波君、宮園さん、基地に帰港してください】

【局長、今】

【救援要請はこちらまで届いていますよ。問題ありません。国連への伝達も済んでいます】

もしかすると、四年前のようなことをしでかさないよう、釘を刺しているのかもしれない。

【了解です。帰港します】

アシトはそう答え、最後にもう一度ヴォジャノーイ社の少女に通信を繋ごうかと迷う。しかし、その迷いを見透かしたように、エリンが言った。

【アシト、帰らないと】

【……うん】

基地までの帰路では、もはやアシトもエリンも言葉を交わさなかった。あれほど心地よかった波の音が、なぜか今は胸をざわつかせる。アシトは少女とのやり取りを反芻し、自分は決して何か間違ったことをしたわけではないと確認した。もはや四年前とは違う。これが正しい行動だと、何度も自分に言い聞かせる。

しかし、そう繰り返すほどに、何かが少しずつ膨らんでいった。

長い間、眠っていた何か。四年前に燃え尽きたはずの何か。

それが心臓の裏側から、じっとアシトを見つめている。

◇◇◇

翌日は何をするにしても落ち着かなかった。アシトは休み時間になるたび、芝崎に頼んで国連軍の活動報告を携帯でチェックしてもらい、ヴォジャノーイ社のギデオンたちが《大波》と接触していないかを確認した。もちろん、分かったところでアシトにできることはない。救援までの時間にはかなり余裕があるということも、何度も頭の中で繰り返していた。しかしすべてを忘れて日常生活に戻れるほど、アシトの神経は図太くないこともまた事実だった。

「……なんか、不思議な感覚だ」

昼休み、しみじみと芝崎がそう呟いた。アシトが防磁有線に繋いだ携帯から目も離さずにいると、尋ねられてもいないのに芝崎が語る。

「善波の方からこんなに声かけられるなんて初めてだからな。しかも一日に何度も」

「……うん」

「こんなに蛇に熱中している善波も初めてだけどさ」

「……うん」

「……あのなあ……そりゃ、直接話したなら気になるのもわかるけど、どうすんだよ。戦いが始まったら、善波もそこに行く気か？」

そこまで言われて、アシトはようやく顔を上げた。

「……まあ、出番はないと思う。あったとして、国連軍の電力支援要請が入るくらいかな。補電船の警護とか」

「だろ？　必要なら呼ばれるんだから、おとなしくしてろよ。ちょっと場所が近いってだけで、俺たちにとっては、よその国の紛争みたいなもんじゃん」

「そうなんだけど……」

アシトがなおも渋ると、芝崎はひったくるようにしてアシトの手から携帯を取り戻した。借りる立場である以上、アシトもそう強くは出られない。

芝崎は大きな溜め息を一つ漏らすと、

「善波が今立ち向かうべきものは、一つだ」

「……なに？」

「数学の小テスト」

「あ」

「昨日、宮園さんにあれだけ教わったんだ。下手な点数は取れないだろ」

「……確かに」

そう言いつつも、アシトはそれから数学のノートを見直すわけでもなく、エリンは今、何を思っているのかと考え始めてしまう。彼女だって、ヴォジャノーイ社からの救援は聞いている。おそらく、今、一番アシトの気持ちを理解してくれるのは、彼女のはずだった。

あるいは、指導官はどうだろうか。出向中とはいえ、国連軍のエリート搭乗者であることに変わりはない。何らかの形で情報は伝わっているだろうし、なんなら救援に加わるよう、声がかかっているのではないか。

国連軍による作戦が始まったとして、《大波》から逃れるためにはかなりの持久戦が要求される。人員も必要であり、護衛される船団の最寄りが気仙沼基地である可能性もある。そうなった場合は、トライトン社にも警護の協力要請が来るだろうか、と考えて、しかしアシトは再び契約の問題を思い出した。外部の人間が出入りするとなれば、この前のような報告詐称はできない。父親という防壁堤が海に横たわっている限り、アシトは沖合に出ることができないのだ。芝崎の言うように、救援作戦はまるで近くて遠い、他国の争いのようなものなのだろう。

「おーい、今日は最初にテストやるぞ〜。準備できてるか〜」

数学の教師が教室に入るなり放った言葉は、アシトの耳には届かなかった。残念なことに、注意力の散漫な頭に《複脳》現象が救いの手を差し伸べることはない。それもそうだろう。どんなに脳が複数あったとしても、全てが悩んでいたら手は動かない。指導官の教え通り、《複脳》は決して万能ではないのだ。

小テストは見事赤点、アシトは放課後の補習が決定した。

アシトが解放されたのは午後五時を過ぎたころだった。校舎を出ると、湿気を含んだ重い風が手足にまとわりつく。基地に最寄りのバス停で降りると、すぐに柔らかな雨が降り始めた。アシトは全速力で駆けたが、一見穏やかに見える雨脚も、傘を持たない人間には容赦がない。

基地にたどり着いたころには、前髪から水が滴るほどに濡れそぼっている。

しかし、アシトは制服から水が滴るのもそのままに船渠に向かった。そこは意外なほど静けさに満ちていたが、その理由はすぐにわかる。ギデオンたちが泳ぎ回る一方で、水槽の横に立っていつも様々な指示を出していた指導官の姿が見つからないのだ。ただ、浮桟橋には深紅の六腕型がある。救援要請に呼ばれて不在というわけではないらしい。

これはどういうことかとアシトが訝しんでいると、不意に「ねえ……」と背後から控えめな声がかけられた。振り返ると、そこにいたのは葉山君。指導官が来てからおよそひと月で、ずいぶんと背が高くなったような気がする。訓練の様子を見る限りでも、ギデオンの操縦技術も上がっている。模擬戦で指導官に圧倒されていたころの面影はもはやない。

ただ、控えめな性格はさすがに変わっていないのだろう。葉山君はアシトに声をかけたはいいものの、なかなか話が切り出せないらしい。アシトはエリンの姿を思い出し、しゃがんで「どうしたの？」と尋ねてみた。

「今日は……自主訓練だって、指導官が言ってた」

「指導官、一度は来たってこと？」

「うん。すぐ帰っちゃったけど……」

ますます妙な話だった。着任して以来、彼女が自主訓練をさせたのはこれが初めてになる。

別段、指導を休むことはあってもおかしくないだろうが、それならばわざわざ顔を出すこともないだろう。

　すると、葉山君はあたりをきょろきょろと見まわした後、声を低めて言った。

「……指導官と局長が喧嘩してるの、見たんだ」

　予想外の言葉に虚を突かれる。

「喧嘩って……言い争い？」

「うん。ぼく、お母さんに頼まれて、大事なお手紙を渡さなくちゃいけなくて、それで局長室に行ったら……すごく怖い顔して、にらみ合ってた……」

「どんな話か、覚えてる？」

　アシトが迫るように尋ねると、葉山君は小さくかぶりを振った。

「指導官がすごく怒ってて、ぼく、怖くなっちゃって……」

　外から見ていただけの葉山君を怖気づかせる剣幕とはどういうことか。十中八九、救援要請が原因だろうと思われるが、指導官と局長が言い争う理由はアシトには全く想像できなかった。

「指導官に聞いてみるよ」

　そう言ってアシトが立ち上がると、葉山君が濡れた制服の裾を掴んでくる。そして、彼はどこか懇願するような瞳で見つめてきた。

「……あの……指導官が自主訓練だって言った時、すごく悲しそうだった。……でも、ぼくたち、何も言えなくて……」

「……そっか」

「だから……その……」

「大丈夫だよ。ちゃんと、指導官が元気になるようにするから」

アシトの言葉に、わずかに葉山君の表情は和らいだ。後輩に頼られている手前、不安にさせまいと微笑みを保ったが、うまくできたかどうか自信はない。なぜか状況を知れば知るほど、まずいことが起きているような気がしてならないのだった。

指導官を探すという約束をした手前、船渠に留まっているのも決まりが悪くなったアシトは校舎棟に引き返した。しかし、あてがあるわけでもない。住所はトライトン社の職員に聞けばわかるかもしれないが、そもそも家に帰っているかも定かではないだろう。

それからアシトはふと、自分は指導官のことを何も知らないのだと気づく。知り合ってからひと月が経つというのに、住んでいる場所も、家族の話も、国連軍での生活さえ聞いたことがない。話題はいつもレヴとギデオンについて。しかしそれは、趣味もなければ人間関係にも乏しいアシトにとって、むしろ心地のいいやり取りだったのだ。相手のことを理解するには、それだけで十分な気さえしていた。しかし、指導官との関係からギデオンを抜いてしまえば、もう何もない。あるいはいつか彼女が国連軍に帰ってしまえば、二度と会うこともないのだろうか、とアシトは思う。

もう二人で海の音に浸ることもないのか——と、そこまで考えて、アシトは再び歩き出した。背中を押したのは、彼女ならそこにいるかもしれないという思い付き、いや、そこにいてほしいという願望かもしれない。

たったひと月の付き合いでも、分かっていることはある。風織ユアという人は仕事を投げ出して家に帰ったり、街の喫茶店でさぼったりするような性格ではない。呆れてしまうほど真面目で、正直で、そして何よりいつだってギデオンに真剣だった。もしも船渠にいられないなら、おそらくはできる限り近くで臍をかんでいるに違いない。あるいはもっと単純に、心が乱され、どうしても海を見たいと思ったとき、彼女だったらそこに行くのではないか。壁に水平線を隠されたこの街で、向こう側が見える場所はそれほど多くはない。

果たして、校舎棟の屋上には彼女がいた。

手摺りによりかかることもなく、ただまっすぐ雨に打たれ、防壁堤の向こうに広がる海を眺めている。雨に扉の音もかき消されたのか、指導官が気づくこともない。いつから屋上にいたのか、その制服は水に浸かったかのように濡れていた。

「風邪ひきますよ」

アシトの声に、指導官がはっと振り返った。そして、なぜか隠れるように顔を逸らす。

「……みんなから聞いただろう。今日は自主訓練だ」

「理由を聞いてもいいですか」

「理由？　さあ……なんだろうな」

指導官らしくない投げやりな物言いからは、明らかにアシトとの会話を避けようとしていることが分かる。しかし、ここで引き下がることはできないのだ。アシトは単刀直入に尋ねた。

「救援要請の話は、聞きましたか」

「……ああ」

指導官は知ってか知らずか、わずかに眉間に皺を寄せる。

「自分たちに、何かできることは」

「ない」

アシトの言葉を遮るように指導官が首を横に振った。それから、自分のぶっきらぼうな声音を誤魔化すように、付け加える。

「何もしない。それが国連の判断だそうだ」

「……国連？　トライトン社の話ではないんですか」

「違う」

「何もしないって……でも、ヴォジャノーイ社は自社による救援は無理だと」

「それでも、何もしない」

「国連軍は見捨てるつもりだってことですか」

「……そうだ」

「どうして」

絶え間なく質問を出すアシトに指導官は痺れを切らしたのか、不意に視線を合わせると、まくしたてるようにこう言った。

「ヴォジャノーイ社は対レ共同協定に参加していないんだ。それゆえ救援義務は発生しない。国連軍との情報共有を拒んでおきながら、都合のいい時だけ助けを求めるな、ということだ。少なくとも、助けなくてもいいという建前がある以上、アメリカは仮想敵国である中露の船をわざわざ守ろうとはしない。日本政府もその選択を支持しているんだよ」

「え……？」

アシトは理解が追い付かない、というよりも、そもそもその言葉を呑み込むことができない。指導官は恐ろしいほど真面目な顔をして、なぜそんなふざけた話をするのか。

「待ってください。国連が一枚岩ではないことは、わかります。利益が相反することもあると思います……でも、ギデオンに乗っている子供たちは無関係でしょう。それに、船に乗っている人々だって、ただ仕事をしているだけで」

「本当に？」

「え……」

「本当に、我々は無関係なのか？」

「……」

「ギデオンは兵器で、何と戦い、何を守るべきかを考えるのは大人たちだ。ギデオンに乗るということは、大人の道具になるということだ。それは、私も君も変わらない」

「だとしても……国連軍は人類が団結してレヴと戦うための組織です」

「その人類の定義は、政治によって決まるんだよ」

指導官の瞳に込められた冷ややかさに、アシトはまるで舌を縫い付けられたような心地がした。反論しようにも、言葉が出てこない。指導官はそれから手摺りを強く、華奢な手が壊れてしまいそうなほどに強く握りしめた。

「……これまでだって、何度見捨てたか……何度なかったことにしたことか……」

そして、彼女はふと遠くを眺めると、自嘲的な笑みを浮かべる。

「君は、《九龍警護事件》を知ってるか？」

「えっ」

知っているも何も、アシトは当事者の一人である。指導官との会話で話題になったことはなかったが、上官である以上、そのことは把握しているに違いない。だからこそ、アシトはその答えの分かり切った問いの意図が見えず、困惑した。

すると、指導官はアシトの返答を待たずに続ける。

「四年前、一人の少年が九龍警護社からの救援要請に応え、たった一体のギデオンでレヴの大群と戦った。たった一体で、だ。国連軍の到着は一時間後。救援が来たのはすべてが終わった後だった。要請が入った場所は日本に近い太平洋の沖合で、東京基地からそれほど離れていない。電離態加速槍を使えば十分ほどで着いただろう。そして当時は待機状態の小隊が二つもあった。しかし、救援は間に合わず、十一名の犠牲者が出た。……その理由を、考えたことはあるか？」

「そんな、まさか」

「そうだ。その時も、政治的判断は下されていた。対レ共同協定に加わらない民間企業への見せしめだ。事実、あの事件の後、民間ギデオンへの風当たりは強くなった。国連軍は大人たちの望み通り、ご立派に救援要請を無視したんだ」

指導官はそう言って、唇を固く結んだ。彼女の瞳は何か今にも砕けてしまいそうな暗い光に満ちている。

指導官はそれから、吐き出すように言った。

「……そして、私も、その一人だった」

「……」

「あの時から、何も変わらない。我々はこれまでも、これからも、助けろと命じられた者を助け、見捨てろと命じられた者を見捨てる」

穏やかだった雨脚が、気づけば強い風を伴ってアシトたちを取り巻いていた。まるで空が突然冬を思い出したかのように、皮膚を刺す冷たい雨を屋上に打ち付ける。

「今でも私は……鮮明に思い出せる。砕けた船の残骸とレヴの死体が浮かんだ戦場を」

指導官の表情はますます苦しげに歪んでいった。

「嵐の後のような凪いだ海に、ぼろぼろになったギデオンがいたんだ。それに乗っていたのは、自分よりも年下の少年だった。彼は……彼だけは規則を破り、たった一人でレヴの大群と戦った。大人たちは命知らずの愚か者だと言ったが、そうじゃない。私たちが大人に操られた武器だとすれば、彼は自分の意思を貫いた怪物だった。恐るべき、見事な怪物だよ。……自分も、その子のように生きたいと思った。規則に縛られず、守りたいものを守れる、そういう人間になりたいと……」

そして、彼女は小さく首を横に振った。

「……でも、私にはできない。できないんだ……」

まるで懺悔をするように目を伏せる指導官は、いつも的確に子供たちを指導し、戦闘となれば六腕の怪物を操って敵を屠っていた彼女とは別人だった。きっと、こうして船渠から離れず、かといって戻ることもできない状態は、刻一刻と彼女の心を蝕んでいるのではないか。それでもただ逃げ出すことはできないと、まるで自傷するように雨に打たれているのではないか。

アシトはそう分かっていてなお、尋ねてしまう。

「……どうして、できないんですか」

その言葉が責め苦となって、指導官を傷付けることは分かっていた。実際、彼女はまるで裏切られたかのような表情でアシトを見つめてくる。

しかし、それでも尋ねた。

「……指導官は、本当に、受け入れてしまったんですか」

「……っ」

「葉山君が言っていました。船渠に来た指導官は、とても悲しそうだったと。あなたは初めから、上の判断が間違っていると思っていた。救援に行くべきだと、分かっていたんでしょう？」

「……どんなに正しいことを主張したからといって……我々が使われる側だということは変わらないんだ。どうしようもないことなんだよ……」

今までに見たことがないほどに、指導官の顔には苦悶が露わになっていた。彼女が葛藤に引き裂かれ、苦しんでいることが手に取るように分かる。

しかしなぜなのか。一方でアシトは自分の体の奥底から、何か得体の知れない熱が少しずつ広がっているのを感じていた。指導官の言葉に反発するようにして、腹の底に、火花が散っている。そしてその火花が言葉となり、アシトの口から飛び出してしまう。

「そう言って、諦めるんですか……？」

「……」

「子供は道具だとか、政治が決めるとか、そんなものはすべて言い訳でしょう。ギデオンに乗るのも、誰を守るか決めるのも、指導官です。他の誰にも決めることなんてできない。あなたは規則を破ることが怖いんですか。それとも、大人に逆らうことが怖いんですか。そんなのはただ、逃げているだけじゃないんですか？　指導官だって、本当は全部分かっているんでしょう？」

「――っ！」

指導官の目に、一瞬、殺意に似た怒りが燃え上がった。そして、火を吐くような形相で叫ぶ。

「分かっているさ！　当たり前だ！　私はずっと、君に憧れていたんだから！　二度とあんなことはしまいと、そう思ってきたんだから！　今日だけじゃない、国連でも、何度もたてついた！　利害を超えて動くべきだと、ギデオンはすべての人間のためにあるべきだと、そう繰り返してきた！　だが、大人たちは聞く耳を持たない！　そのせいで私は前線から外され、果てには出向に出された！　これでまた上に逆らえば、もう次はないんだ！　ギデオンを取り上げられる！　私はそれが……怖いんだよ……！　大人に逆らい、ギデオンを失うのが怖い！　私からギデオンを取ったら、何も残らない。死んだも同然だ。だから……怖いんだ！　私は君のようにはなれない！　君のような怪物には、なれない！」

最後の言葉は、アシトの胸を深く切り裂いた。そこから雨の冷たさが沁み込んで、ずきずきと痛む。しかし、それでもアシトは引き下がらなかった。

「僕だって……ギデオンしかないのは同じです。家族を失って、父親と向き合うこともできずに逃げています。ギデオンに乗ることしかできない、ただの馬鹿な子供です。でも……だからこそ、ギデオンに乗っている時だけは、逃げたくない」

規則を破るのは怖い。大人に逆らうのは怖い。しかし、ギデオンに乗る自分を嫌いになるのは、もっと怖いのだ。

それはきっと、あなたも同じはずだ。

ギデオンに乗ることが好きで、海が好きで、人を救いたいと心から願うあなたなら、きっと同じはずだ、とアシトは思う。

「指導官が、言ってくれたんじゃないですか。全てが、君の手の中にあるって」

あの哨戒水域での戦いで、アシトを変えてくれたのは他ならぬ彼女なのだから。アシトの手の中にあるのなら、指導官の手の中にだってあるだろう。善波アシトにできて、風織ユアにできない道理はない。

すべての子供は、常に、永遠に、その権利を持っているはずなのだ。

「大丈夫ですよ、指導官。一緒に、怪物になりましょう」

それは何の根拠も、保証もない言葉だった。

しかし、怪物になるということに、保証などいるのだろうか。自由であると決めた瞬間に、子供はきっと怪物になれる。そしてそうしなければ一生悔やむ瞬間が、誰にだってあるので

はないか。

アシトが差し出した手を、指導官はおずおずと握りしめた。果たして、この決断がどんな結果をもたらすかはわからない。取り返しのつかない結末が訪れるかもしれない。あまりに大きな後悔が、待ち受けているかもしれない。

ただ、少なくとも、この一瞬を天は祝福してくれたらしい。

不意に雨はおさまって、昼の残り香のような淡い黄金色の光が屋上を満たしたのだ。

作戦の決行は夜の八時と決まった。指導官によれば、船渠にいる子供たちやトライトン社の社員たちが帰宅した後、ひそかに出撃するという算段らしい。救援要請からは既に半日以上経過しており、そんな悠長に待っていてもいいのかとアシトは訴えたが、指導官は頑として譲らなかった。救援ではできる限り《大波》との接触を避け、船団を気仙沼港に誘導するつもりらしく、一度戦闘が始まれば長期戦は不可避。そのため、しっかりと栄養を補給しておくように、と言い渡された。迷いから吹っ切れた指導官はいつもの冷静さを取り戻していて、そんな彼女が言うのだから、アシトは従うしかない。

帰宅するなり、耳に飛び込んできたのは油の跳ねる音だった。居間に入ると、台所から船長が顔を出す。

「おお、おかえり。ちょうど夕飯だぞ」

食卓にはひじきと大豆の煮物、白ごまを散らしたホウレン草のおひたし。そして船長はとんかつを揚げているところだった。どこか拍子抜けするほど見慣れた光景に、アシトは思わず笑ってしまう。そして、ずいぶんと全身が強張っていたことに気づいた。ギデオンの操縦に力みは厳禁。やはり、指導官の指示は正しかったのかもしれない。

　夕食が始まってしばらくすると、船長は「そういえば」といつものように会話を切り出した。

「今日、アシトの親父さんと話したよ。ずいぶん叱られた」

「え」

　虚を突かれたアシトはしばらくぽかんと口を開けていたが、やがて頭の隅に追いやっていた父親との会話を思い出した。

「……ごめん。僕が電話したせいだと思う」

「いや、悪いのは俺が嘘を吐いていたことだ。アシトのせいじゃない」

　船長はそう言うが、ギデオンに乗り続けることを望んだのはアシト自身だ。船長はその希望を尊重してくれたに過ぎない。あなたの息子はギデオンに乗っていないと伝えることで、父親の余計な介入から守ってくれたのではないか。

「そもそも……あの人に、船長を責める資格はないでしょ」

「アシト」

　船長は静かな眼差しで言葉を制してくる。しかし、アシトは納得がいかなかった。

「子供を人に預けておいて、その育て方に口を出すなんて、おかしいよ」

「親父さんは養育費を送ってくれている。口を出す権利はあるさ」

「……でも、ギデオンに乗るのは僕の望みだ」

「保護者なら、それでも止めるべきだろう、と言われた。嫌われても止める義務がある、と」

「なんで」

「子供はまだ自分の価値をよく知らないからだよ。だから大人が守るんだ」

その価値を自ら手放したのは誰だ、とアシトは言いたかった。しかし、いくら船長にそれを訴えたところで意味はない。

アシトが押し黙っていると、船長は箸を置き、改まった様子で言う。

「なあ、アシト、子供が戦場に出るということは本来おかしなことなんだよ。レヴが現れてから、この世界は少し変になった。子供に頼るしかないと言って、一度認めたが最後、皆それを当然だと思い始めたんだ。それでも子供に、戦うな、と言うのは、とても大変なことだ。戦いたい、と言う子供を応援することの方がずっと容易い」

船長の言い聞かせるような声音は、電話越しに聞いた父親の声を思い出させた。アシトの言葉には自然と苛立ちが混じってしまう。

「……でも、船長は今まで何も言わなかったじゃん。どうして今更……」

せっかく忘れることができそうだったのに。もはや大人の決め事など無視しようと、覚悟を決めたばかりなのに。なぜ、一番自分を分かっているはずの大人が、そんなことを言うのか。

すると、船長はゆっくりと口を開いた。

「……最近アシトが変わったからだよ。荒波の目になった」

「……」

「漁師の中にな、時々いるんだ。海が荒れてる日に限って目を輝かせるやつが。そいつは時化に港を出て、時に信じられないほどの豊漁で帰ってくるが、ある時海に呑まれて二度と港に戻らない」

「……」

「親父さんと話していて、ふとアシトが帰ってこないことを想像したんだ。そうしたら、怖くて怖くて、仕方なかった。アシトがいなくなるのは、アシトに嫌われるより、ずっと怖いことだと思った。だから……今は、行かないでほしいと思ってる」

「……」

「こんなこと、言う資格がないことはわかってるよ。意味がないこともな」

それから不意に、船長は顔をくしゃっとさせて、今にも泣きそうな顔で笑ったのだ。

「……困ったもんだよなあ。俺は四年前も、今日も、ギデオンに乗って人を助けるお前が、本当にかっこいいやつだと思っちまうんだよ」

船長は港のまとめ役だった。救援要請の話も聞いていることだろう。アシトが口に出さなくても、何をしようとしているか、ある程度察しがついているのかもしれない。

「とんかつ、たくさん食っとけ」

船長は自分の皿に載っていたとんかつを三切れもアシトに渡してきた。それ以降はもう何も言わない。

アシトは船長が作ってくれた料理を黙々と食べながら、なぜか急に胸が苦しくなった。実の父親に自分のことを理解してもらえないことも空しいが、理解してくれる人がいることもまた悲しい。恩を感じているからこそ、自分のわがままをぶつけることに臆病になる。しかし、良いしがらみも悪いしがらみも、全て断ち切って海に出るのだ。それが怪物になるということだろう。後悔はないが、痛みがなくなるわけではない。

アシトは食後、自分の部屋に戻ると机の上に読み止しになっていた本があることに気づいた。それは『大洪水』というフランスの小説で、タイトルに惹かれ図書室から借りてきたものだった。話は既に佳境に入っている。アシトは一際大きく印字された一行に目が留まった。

「三億の死者　それがきみの未来だ」

船長の荒波の目という話を聞いたばかりだったせいか、それはどこか予言めいた響きを持ってアシトを動揺させる。

そして不意に、アシトは姉のことを思ったのだった。彼女はあの日、いつ覚悟を決めたのだろう。波に呑み込まれたときか、あるいは弟を抱えて走り出したときか。それとも、彼女は背後に迫る死を意識する暇さえなかったのか。

「あんたは馬鹿」

姉に救ってもらった命で、自分は自ら死地に飛び込もうとしている。

そう言っていつも冷めた目で見つめてきた姉をアシトは思い出す。

「ほんと、怪物だよ」

しかしその唇に微かな笑みが浮かんでいたと思うのは、都合が良すぎるだろうか。

家を出る時間はあっという間にやってきて、アシトは居間の仏壇に手を合わせてから、玄関に向かった。靴を履いていると背後に気配を感じる。

「これ、もってけ」

そう言って船長が差し出したのは、アシトがいつも食べているぶどうグミだった。かつて一緒に海の遺留品を探っていたころは、よく船長がくれたものだ。

「……ありがとう」

アシトがグミを受け取ると、一瞬、船長は何かを言いたげに口を開いたが、結局それは曖昧な笑みに溶け込んで消えてしまう。

「行ってこい、アシト……」

「……うん。行ってきます」

扉を閉める最後の瞬間まで、船長はじっとアシトのことを見つめていた。

アシトは振り切るように闇夜に視線を向け、歩き出す。

約束の時間はもうすぐだった。

待ち合わせ場所は基地から少し離れた空き地だった。周囲には街灯もなく、雲間から差し込む月明かりだけが無数のドラム缶や放置され続ける建築資材を照らし出している。場所は指導官の指定だったが、本人の姿は見当たらない。その代わり周囲を見回していると、聞きなれた声に呼び止められる。

「ちょっと、五分遅刻よ」

そこにいたのはエリンだった。アシトが呆気にとられていると、彼女はわざとらしく溜め息を漏らす。

「二人だけで慈善活動だなんて、ひどいじゃない。あたしは仲間はずれなわけ？」

「……いや、どうして……」

「塾が終わったころに、指導官から連絡が入ってたのよ。今日の特訓も来られないし、基地には寄るなって。速攻折り返して、理由を問い詰めたの」

指導官としてはエリンを巻き込みたくなかったのだろう。しかし、彼女のような勘の鋭い相手に対し、全て隠し通す方が難しい。問題は、アシトと指導官の作戦を知ったエリンが、なぜここに来ているのか、という点だった。

するると、すかさずエリンは眉を顰める。

「あたしが来たら、まずいわけ？」

「……だって、ここに来る必要はないし……」

「話聞いてる？　仲間はずれにしないでって言ってるの。ここに来ないで、どうやって二人に合流するっていうのよ」

「あ……え？」

アシトはますます混乱していく。エリンが言っていることはつまり、彼女もギデオンで出撃するということだ。トライトン社の待機方針を無視し、無謀な作戦に参加する。それが危険と分かっていて、なぜ彼女がそんなことをするのか。ひと月前、命を懸けてまでギデオンに乗り続ける意味はあるのかと問うたのは、エリンではないか。

「エリン……今回は本当に危ないよ？　最悪、《大波》と戦闘する可能性だってある」

「言われなくても分かってるわよ。じゃあ聞くけど、アシトと指導官は危険でもいいわけ？それはあたしが弱くて、すぐに死ぬって意味？」

「……そういうわけじゃないけど」

エリンがこの戦いに命を懸けてもいいのか、そこに全く確信が持てなかった。というよりも、アシトにとって、エリンという存在がこれから始まろうとしている戦いに加わっていることがうまく想像できないのだ。

「……前に、エリンが話してたよね。僕たちは、ギデオンだけが全てじゃないって。……たぶん、エリンはそうだと思う。エリンは賢いし、優しいし、ギデオンとは関係ない世界に行っても、大丈夫だと思うから。……でも、そういう人を僕たちのわがままに巻き込むのは……」

アシトは結局ギデオンのために生きている。それしかしがみつくものがないから、捨て身になれるのだ。おそらくは指導官も似た気持ちだろう。しかし、エリンは違うはずだ。エリンはこんなことをしなくても、ちゃんと生きていけるではないか。

すると、エリンの瞳にさっと影が差した。

「それであたしが陸に残って、アシトたちが海で死んだら、あたしはまた今までみたいに、学校に行って、塾に行って、友達と遊ぶの？」

「……」

「そうやって生きていければ、それでいいの？」

「……一緒に死ぬよりは、それがいいよ」

「……そっか」

彼女が吐き出したその一言は、息が詰まるほど冷え切っていた。アシトの背中にはだらだらと脂汗が流れだす。蛇に睨まれた蛙のように、全身が釘付けになっていた。

「まあ、その通りね」

「……」

「確かに、あたしにとってギデオンは全てじゃない。自分の命を犠牲にしてまで、人を助けるほどの正義感もないわ。これで死んだら本当にあんたたちを呪うと思う。あたしとあんたたちは違う生き物かもしれない」

でも、と彼女は小さくかぶりを振った。

「アシトが死ぬのだけは死んでも嫌」

「え……」

「どんなに足手まといだと思われても、あたしが見ている前で、アシトは死なせない。どんなことをしても、死なせない。たとえそれで作戦が失敗して、あんたがあたしを恨んだとしても、それでもいい」

エリンの眼差しは風一つない海のように静かだった。いつもの激しさが息を潜めていることが、かえって怒りの深さを思わせる。

「あたしは悔しいわ。アシトがまだ自分のことを、ギデオンが全てだなんて、バカみたいなこと言ってるのが」

「……」

「アシトにだって友達がいるでしょ。育ててくれた人がいるでしょ。それを忘れたの？　自分が今持っているものの重さに気づかないまま、ただ命を投げ出して、一体、何の意味があるっていうの？　そんなことするのはただの愚か者よ」

「――」

まるで突然平手打ちを食らったような気分だった。しかし、エリンに返す言葉がなかったのは、単に驚いていたからではなく、彼女の言葉が図星だったからだろう。

「アシトたちと一緒に行くかどうかは、あたしが決める。どんな人間だとか、どういう生き方だとか、そんなのはどうでもいい。あたしはギデオンに乗るわ。分かった？」

その揺るぎない宣言を聞いて、アシトは思う。彼女もまた自分と同じ、ギデオンを与えられた一人の子供ではないか、と。皆、自由であれ。そう願ったのはアシト自身ではないか。アシトが誰の言うことも聞かないように、エリンだって聞かなくていい。

ここにも怪物がいたのだ。こんなにも自分を守ろうとしてくれる一人の怪物が。それは素直に心強く、そして少し頰が火照るくらい嬉しいことだとアシトは思う。

「……うん。ごめん」

アシトがそういって微笑むと、エリンは毒気を抜かれたように肩を落とし、おもむろに片手を差し出した。アシトは船長からもらったグミを渡そうとポケットに手を伸ばしたが、止めた。

あの日、ぶどうグミをあげた姉は死んでしまった。

その記憶が一瞬、引っかかったのだ。それは実に子供じみた願掛けかもしれない。グミ一つあげるかあげないかで、運命など決まるわけがない。それでも、エリンが無事に帰る可能性が、万に一つでも上がるなら、いくらでも願掛けをしよう。

「お返しは、帰ってきてからね」

アシトの言葉にエリンは軽く目を見開いて、それからくすっと肩を揺らした。そして、差し出していた手で小指を立てる。

「利子はたっぷりつけてよ」

「もちろん」

アシトは小指をからめ、指切りをした。ささやかだが、これもまた確かに一つの重みだろう。

二人の指が離れると、ちょうど雑草を踏み分ける音が聞こえてきた。闇夜から現れたのは、ジャージ姿の指導官。

「遅れてすまない。ちょっと準備に手間取った。……あー、宮園さんのことは……」

「大丈夫です」

アシトがすかさず答えると、指導官はすぐに納得したのか「そうか」と軽く頷いた。

「時間がないから手短に話そう。見たところ、基地の前には警備員が三人ほど立っている。正面から行って、素直に通してくれそうには見えない」

「ちょっと……それって、トライトン社に計画が筒抜けってこと？」

エリンの問いに、指導官は肩をすくめる。

「筒抜けも何も、十分に予想できることだろう。こちらには前科者が一人、反抗的な上官が一人だ。特訓のことも把握しているのだから、君も警戒されているとみていい」

「……じゃあ、どうやってギデオンに乗るのよ」

「裏手に回ろう。海と繋がっている入渠口から潜って船渠に入る」

「なっ……服のまま泳げっていうの？」

「フロートスーツを三着持ってきた。私物で悪いが、これを着てくれ」

　指導官は手にしていたビニール袋から、打ち上げられたクラゲのような服を三着取り出した。フロートスーツはその緩い形状から、男女兼用となっている。確かに着ることはできるが、

「ここ、外なんですけど⁉　空き地で着替えろって言うわけ⁉」

　エリンのクレームも一理ある。しかし、指導官は不思議そうに首を傾げると、

「この暗さじゃ誰も見えないだろう。それに人が通る時間でもない。急いで準備してくれ」

　そう言って、さっそくジャージを脱ぎ始めたのだった。

　海と船渠を繋ぐ水路はギデオンが数機通っても問題がないように、水深が十メートルはあった。底は見えず、ましてや夜だと暗闇に落ち込むような錯覚を覚える。フロートスーツのおかげで沈む心配はないが、気仙沼の五月の海は心地よいとは言い難い。水温のせいか、それとも水底が見えない不安からか、寸前まで野外での着替えに文句を言っていたエリンも、いざ水の

中に入ると口をつぐんだ。

　アシトたちは指導官の先導で壁伝いに水路を進んだ。船渠がすぐ目の前に迫ってくるが、その門は固く閉ざされている。中に入るためには、門の下を通らなければならない。指導官によると、ギデオンは自己調整のため、常時新鮮な海水が必要になる。古い船渠では循環システムもなく、単純に水門を半開放させることで対処しているらしい。二メートルも潜れば、忍び込むのは容易だと言う。

「……指導官って、船渠への不法侵入、初めてじゃないでしょ」

「色々な仕事をさせてくれる点は、国連軍の長所だな」

　エリンの指摘に、指導官は意味深な笑みを返す。アシトたちは水門の手前まで来ると、そのまま潜って船渠内に忍び込んだ。門にしがみつきながら沈めばあっという間で、息はそれほど苦しくない。静かに水槽内に浮かび上がり、浮桟橋へと向かった。

　船渠内はひと気もなく、明かりも完全に落ちていた。しかし、アシトたちが水から上がると、不意に照明が灯される。入り口からはフォスター局長が警備員を伴って現れた。

「大尉がここまでなさるとは……わたしもさすがに驚きましたよ」

　局長の声が船渠内に響く。指導官は六腕型の前に立ったまま、何も言わず見つめ返していた。

「まさか宮園さんまで来るのは想定外だったけれど……もう、あなたたちの行為がどういう意味を持つのか、分からない年齢ではないでしょう？　今ならまだ、不問に処しますよ」

アシトもエリンも、返答はしなかった。代わりに口を開いたのは指導官だ。

「時間が惜（お）しいので失礼します。お叱（しか）りは後程（のちほど）」

そして、ギデオンの胸の中に姿を消す。指導官に他意はなかったのだろうが、局長はその素っ気ない反応にプライドを傷つけられたらしい。いつもの柔和（にゅうわ）な笑顔（えがお）は消え去り、どこまでも冷淡（れいたん）な憤（いきどお）りが視線に宿っている。

アシトも続けてギデオンに乗り込むが、起動態勢に入ると突然（とつぜん）、制御核（せいぎょかく）の視界に十字型のインシデントマークが表示された。見ると、ギデオンに蓄（たくわ）えられているはずの電力がほとんど空になっている。

【ねえ、あたしのギデオン、もう活動限界なんだけど】

【……僕も同じ】

これは偶然（ぐうぜん）ではないだろう。見計らったように、局長の嘲笑（ちょうしょう）が聞こえてくる。

「四年前の暴走を反省し、対策を講じるのは当然のことでしょう。人はこうして学び、成長するものなの」

局長は浮桟橋（ポンツーン）までやってくると、勝（か）ち誇（ほこ）るように言う。

「あなたたちが入っているのは、もはやただの大きな人形です。戦うことはおろか、戦場にたどり着くことさえできない。観念して、おとなしく出てきなさい」

しかし、共有チャネルから聞こえてきた指導官の《声》は落（お）ち着（つ）き払（はら）っていた。

【善波、宮園、両機とも予備電源に切り替え。そのまま出撃する。水路を出たら私を追え】

【でも……予備じゃすぐ止まっちゃうわよ】

【問題ない。この程度の妨害は想定済みだ】

指令通り予備電源に切り替えると、視界が正常化する。固定姿勢を解き、水の中に沈む寸前、あっけにとられる局長の顔が視界の端に映った。

「どこまで馬鹿なの⁉　あなたたちは！」

そんな悲鳴にも似た叫びをよそに、アシトたちはそれぞれ壁のラックから電離態加速槍を取ると、入ってきた時と同じように水門の下をくぐり、船渠を抜け出す。行きと異なるのは、皆が怪物じみた肉体を手に入れたこと。ギデオンを通して触れる水の流れ、波のざわめきはやはり格別だった。血管を洗うような清冽な感覚に、どこかでわだかまっていた不安や疑念が消えていく。

指導官は水路を出ると迷いなく沖合へと向かった。予備の活動可能時間は三十分ほどだが、それはただ泳ぐだけの場合。電離態加速槍を使って戦場まで移動すればそれだけで限界を迎えるだろう。一体、何をもって指導官は「問題ない」と言ったのか、アシトもエリンも聞き出せずにいると、ふと前方から無数のアイドリング音が聞こえてきた。耳を澄ましてみれば、その形がよくわかる。

巻き網漁の漁船が五隻。二週間前、アシトたちがレヴから守った船団だった。

【ここで充電する。それぞれ中央の大型船の両脇に固定姿勢で待機してくれ】

　指導官はそう言って網船の正面に六腕型を固定させた。アシトたちが同じ船にギデオンを停める間に、彼女は甲板に出て船団長と話し始める。そして機関室から繋いできたケーブルを伸ばし、ギデオン各機の首にある充電ソケットに挿し込んだ。船の間を行き交う線を見る限り、周囲を漂う運搬船や灯船の集魚灯用発電機も使っているのだろう。確かに、この量なら基地の充電設備にも後れを取らない。指導官が手間取っていた準備というのは、この手配も含んでいたのではないか。

【このやり口もいろいろな仕事で覚えたわけ？】

　エリンが半ば呆れ交じりに尋ねると、指導官はにやりと笑う。

「役に立つ日が来るとは思っていなかったが」

　充電は三十分ほどで終わった。三体のギデオンが船団から離れようとすると、唐突に船から無線が入る。

「……おい、あんたら……」

　船団長だった。指導官は彼に直接今回の協力を掛け合ったらしい。たった二時間ほどで人を集め、ここまで手を貸してくれたのは、やはりあの日の貸しがあったからだろう。実際、彼はどこか気まずそうにしながらも、こう続けた。

「あん時は……助かった。船員みんな、感謝してんだ」

【我々は職務を全うしただけです。こちらこそ、今回は助かりました】

「また……ばけもんと戦うのか」

【場合によっては】

「そうか……」

船団長はしばらく押し黙った後、ぼそりと言う。

「……死ぬなよ」

【最善を尽くします】

いつものように平然と、指導官は答える。それはこれから始まる無謀な作戦とは裏腹の、あっさりとした別れの言葉だった。しかし、だからこそアシトもエリンもいつも通りでいられるのかもしれない。

それから、指導官は共有チャネルで東に向かって接続申請を送った。まずは状況の確認から。すでにヴォジャノーイ社の部隊が壊滅していれば、この作戦は失敗だったということになる。

相手の反応を待つ間、一秒一秒がひどく長く感じられた。昨日連絡を受け取ってから、もうすぐ二十四時間が経とうとしている。完全に停船していればレヴに感知されることもほとんどないだろうが、それでも絶対に安全とは言い切れない。

しかし、ある時チャネルが開いた。

【こちら、ヴォジャノーイ社です！　救援の——】

通信が乱れている。聞こえてきた《声》は昨日の少女と同じようだったが、明らかに雰囲気が異なっていた。

【そちらの状況は】

【えっと、現在、中規――――と接――っ――――なので】

【戦闘中ですか】

【あ――だめで――あの、あ――――】

どんどん通信状態は悪くなる。救援には余裕があったはずなのに、結局、状況は四年前と似たものになってしまったらしい。これでも万全を尽くしたとはいえ、もっと早く行動できていたら、という思いがないわけではない。

ヴォジャノーイ社の少女との接続はしばらく途切れ、それから不意に戻った。

【――助けて、ください】

アシトは息を呑む。一瞬の沈黙の後、指導官が答えた。

【了解しました】

彼女は背中から電離態加速槍を取り出すと、宣言する。

【これよりヴォジャノーイ社およびその警護対象の救援作戦を開始する。本作戦の目標は、《大波》出現海域から救援対象を安全海域に導くことだ。しかし、既に戦闘が始まっていることが予測されるため、目標地点に到達次第、即時戦闘態勢に入る。各機、電離態加速槍、展開。

加速開始――】

指導官の六腕型（ヴァヴ）、アシトの四腕型（ダレット）、エリンの双腕型（ベート）。各ギデオンはそれぞれ発光する槍にまたがり、助走推進を始めた。

アシトの脳裏に、四年前の記憶がまざまざと蘇る。一刻の猶予もない戦況。後ろ盾のない突貫作戦。意識せずとも焦燥は募り、薄暗い死の予感はひたひたと近づいてくる。あるいは、かつての蛮勇を失った今、戦場に飛び込む恐怖はさらに大きくなっているかもしれない。

しかし、大丈夫だ、とアシトは自分に言い聞かせた。

今はきちんと聞こえている（見えている）。

すぐ近くで響く、指導官の鼓動とエリンの鼓動、そして自分の胸の静かな高鳴りも。

【――全機、発進！】

指導官の声とともに、三体の怪物が出撃した。

◇◇◇

戦場は疑似鼓動音（パラビート）で満ちていた。聴界に映り込む敵影は、五十を下らない。その一つ一つが不快な金属音を響かせていて、近づくだけで眩暈がする。ヴォジャノーイ社が守るコンテナ船は全長がおよそ三百メートル。その下方十メートルほどの位置で、十二体のギデオンが交戦中だった。幸い、まだ戦線は崩れていないが、次から次へとレヴの群れが海底から投入され、迎撃速度が追い付いていない。

指導官は減速と同時に電離態加速槍を手放すと、背中から六本の刀を抜き放った。

【まずは戦陣の立て直しを図る。善波は私とともにレヴの殲滅。できる限り素早く、多くの敵を処理してくれ。宮園は海底方向に向かって推進。強めの反響定位を出して、レヴの群れを引き付けてほしい。一キロほど誘導してコンテナ船から距離をとったら電離態加速槍で群れを振り切り、ここまで戻ってくるように】

【……それって、あの中を突っ切れってこと?】

【そうだ。今の君ならできる】

エリンは小さな溜め息を漏らしたが、【了解】という返答には、既に覚悟が込められていた。

【では、始めよう】

指導官の一言で、三体のギデオンは散開する。エリンは急速に潜行すると、レヴの群れにまっすぐ飛び込んでいった。そして、無数の敵を踊るように躱しながら、陽動用の超音波をばらまき始める。

一方、指導官とアシトはそれぞれコンテナ船の左舷、右舷から挟撃するような形で戦場に突っ込んだ。アシトは槍で敵の炉核を次々に破壊する。その精度と速度が上がっていることは自分自身でも感じ取れるほどだった。怪物の攻撃が四方八方から迫ろうとも、それが届くより早く水を蹴り、槍を払って敵の心臓を打ち砕く。

アシトはまるでどこか遠くから戦場を眺めているかのように、レヴの動きも、ヴォジャノーイ社のギデオンの動きも、その腕一つ一つの挙動まで感じ取ることができた。離れて戦う指導官の姿もよく聞こえる。六本の刀はまるで腕と一つになったかのように滑らかに海中を走り、その先端に撫でられたレヴは気づけば両断されていた。

たった二体の援軍とはいえ、少なくとも指導官の戦力は民間のギデオンとは比較にならない。ギデオン一体にかかる負荷がさらに分散され、合流時は劣勢に見えたヴォジャノーイ社のギデオンたちも次第に勢いを取り戻した。そしてエリンの陽動が功を奏したのか、レヴの後続の勢いが弱まっていく。アシトが十体目のレヴから電離態加速槍を引き抜いたところで、攻撃の波は完全に収まった。

残っていたレヴを手の空いたギデオンたちとともに処理していると、エリンが帰還する。どうやら無傷で逃げ切ったらしく、アシトは胸をなでおろした。

【よくやった。これでしばらく時間が稼げる】

ねぎらいの声をかける指導官に、エリンは【あたしは仕事をこなしただけよ】と素っ気ない。その心臓は早鐘のように打ち鳴らされており、疲労は決して少なくないはずだったが、彼女はあくまで気丈に言う。

【《大波》も大したことないじゃない。国連軍の助けなんて元々要らなかったんじゃない?】

しかし、指導官は【それは違う】と静かに否定した。

【今、我々が撃退したのは単なる大型の群れだ。《大波》からはぐれたグループだろう。もしも《大波》との戦闘が始まっていたら、この程度では済まない】

【……】

【だからこそ、この猶予を最大限生かす必要がある。次の行動に移ろう】

それから指導官は改めてヴォジャノーイ社の隊長と相談を始めたが、待機する間、アシトとエリンのチャネルに接続申請が入る。それは救援要請をしていた例の少女からだった。

【……本当に、ほんっとうに……ありがとうございましたっ！】

許可を出した途端、少女の大きな《声》が響く。見ると、すぐ近くを漂っていた一体の四腕型がぺこりと頭を下げていた。

【私たち、あのままだったら絶対に死んでたと思います。救援を待っている間も、ずっと不安で、泣いちゃう子もいて……】

【ごめんなさいね、たった三人しか来られなくて。ただ、あたしはともかく、あの六腕型の人は本当に強いから、安心して】

【あの……皆さんは、国連軍ではない……ですよね？】

【そうよ。近くの民間。あなたたちと同じ】

【追加の援軍は……来るのでしょうか？　ギデオンの電力は船から補給できるのですが、搭乗

者たちの疲れがたまっていて】

【……ちょっと遅れてるんだと思う。もしかしたら、援軍が先に《大波》と開戦している可能性もあるし】

エリンはあえて真実を伝えようとはしなかった。確かに、国連軍の政治的な判断を説明したところで、疲弊した少女たちをさらに絶望させるだけなのは間違いない。

エリンもそれ以上上手い言葉を見つけられず、重い沈黙が流れた時、不意に、共用チャネルに指導官の《声》が響いた。

【……ふざけるなっ！】

ほかの搭乗者たちは日本語の意味が分からなかったとしても、その声音に満ちる怒りは十分感じ取れただろう。ギデオンたちがわずかに体を強張らせるのが分かった。《声》は搭乗者の脳波を感じ取ってその方向や共有範囲などを調整できるが、感情が乱れるとこうして漏れることがある。先ほどまであれほど冷静だった指導官からこんな《声》が聞こえてきたということは、あまり良い知らせとは言えない。

実際、アシトとエリン、指導官からなる個別チャネルが開かれると、指導官は吐き出すように言った。

【問題が起きた】

もはや隠しきれていない苛立ちに、アシトもエリンもかける言葉が見つからない。指導官は自分に改めて言い聞かせるようにして、説明した。

【コンテナ船の船長に救命艇による脱出を提案したんだ。私の計画としては、救命艇に船員を集約すれば守るべき範囲も限定され、迅速に《大波》海域を離脱できる。コンテナ船も人が離れればレヴによる襲撃を回避でき、周囲の海域が沈静化した際に回収できるだろう、と。しかし、船長がなぜか渋った】

感情を抑えるためか、指導官が大きな溜め息を挟む。しかし、結局続いたのは、さらに怒りに満ちた《声》だった。

【理由を問い詰めたら、どうしても放棄できない荷物がある、と。……船長曰く、このコンテナ船は、子供を運んでいるそうだ】

【ちょっ……それって……】

エリンは皆まで言わなかったが、要するに人身売買ということだろう。そして、今時、放棄できないほど貴重な人間など一つに決まっている。アシトの想像を裏付けるように、指導官が言った。

【おそらくギデオンの適合者だ】

四年前の《九龍警護事件》をきっかけに、ギデオン搭乗者の確保を目的とした各国の人身売買が報道されたことはアシトも知っている。それが今なお続いているという現実に、アシトは眩暈を覚えた。

【……一つの政治に背を向けた先に、もう一つの政治がある】

どこか皮肉のこもった指導官の呟きは、「本当に、我々は無関係なのか？」と語った彼女の悲しげな瞳を想起させた。ヴォジャノーイ社の子供たちに罪はない。この船の船員たちも与えられた仕事をこなしているだけだろう。しかし、それでもこの世の大きな思惑に、無関係ではいられない。国連軍はこのことを見透かした上で見殺しにしようとしたのか、という憶測さえ浮かんでしまう。

しかし、指導官は深く息を吐き出すように、言った。

【――それでも、我々はやるしかない】

むしろそれまで以上に揺るぎない決意が、そこには満ち満ちていた。

【絶対に、全員を救ってみせよう。大人も、子供も、全員だ。そして、このふざけた現実を、もう一度世の中に知らせてやろう】

アシトは一瞬、指導官が自分を見つめているような気がした。まるで、「これでいいんだろう？」とでも微笑むように。

【ですね】

アシトが答えると、【そんなの当然でしょ】とエリンも続く。

【それで、具体的な方策は？】

【港から追加の救命艇を持ってくるしかないだろう。行きは電離態加速槍の加速を使えるが、

帰りはギデオンで救命艇を牽引することになるから四、五時間はかかる。その間はコンテナ船を防衛するしかない】

【救命艇を港で手配するのだって、そう簡単じゃないでしょう】

【そこは宮園さんに頑張ってもらいたい】

【……え？　あたし？】

【港との仲介をヴォジャノーイ社の人間に頼むわけにはいかないだろう。私か善波君が行ってもいいが……】

実際、戦力を考えれば指導官が抜けることはありえない。アシトが抜けるという案も、厳密にエリンとの戦力差を勘案すれば最適とは言えなかった。

エリンは大きな溜め息を吐くと、

【……あたしがこの作戦に参加する理由、覚えてる？】

【……わかっているつもりだ】

【……】

【……】

【じゃあ、約束して。あたしが戻るまで、絶対にアシトを守るって】

【約束しよう】

それから、突然エリンの双腕型がアシトの四腕型に抱き着いてくる。エリンはアシトと二人だけのチャネルで、祈るように呟いた。

【約束して。あたしが戻るまで、絶対に自分を守るって】

【……うん】

エリンのギデオンはアシトの機体から離れると、電離態加速槍を展開した。そして、あっという間に港の方向へ泳ぎ去る。

二人きりになったチャネルで、指導官は言った。

【また戦闘が始まるまでに、できる限りの手を尽くすとしよう。まずは防壁の準備だ】

【……防壁って……ここにですか？】

【材料は、そこら中にあるじゃないか】

見回すまでもなかった。アシトたちの周りにあるものと言えば、一つしかない。

もはや心臓の止まった、無数の怪物。

つまりは数多のレヴの死体である。

船員たちが乗る救命艇の護衛に三機、追加の救命艇の牽引にエリンを含めて二機、子供たちの乗るコンテナ船の護衛には残るヴォジャノーイ社のギデオン八機とアシトと指導官のギデオ

ンがあたることになった。すでに消耗の激しいヴォジャノーイ社のギデオンたちは、先に退避してもかまわない、と指導官は伝えたが、誰一人として離脱する者はいなかった。それは素早い立案と明確な指示を出す指導官の存在に、少なからず鼓舞されたという面もあるだろう。あるいは、守るべき対象が自分と似たような境遇の子供たちだったということも理由かもしれない。

指導官曰く、援軍が期待できない以上、総合戦力の減少は戦術によって補うしかない。重要なのは圧倒的物量で襲ってくる相手をどのように対処するか、ということだった。そこで指導官は先の戦闘で生じた百体近くのレヴの死骸をコンテナ船の係留ロープを使って繋ぎ合わせ、船の下方二十メートルに壁を作るという作戦を立てた。とにかく持久戦に持ち込み、救命艇の到着まで耐えるという目論見らしい。

死骸壁にはコンテナ船に積んであった対レヴ用機雷も仕掛ける。それは大型船が護衛ギデオンを失った場合の最終自衛手段として開発されたもので、爆発と同時に電離態加速槍と同じ材質で作られた針が飛び散る仕組みになっていた。

そして、壁には直径十メートルほどの穴が何か所も作られている。敵の侵入経路を限定し、穴に入ってきた者から各個撃破する。レヴの脅威である機動性と複数体による同時攻撃を防ぐためのものだった。

幸い、二時間ほどはレヴの襲撃もなく、壁は無事に完成した。こんな間に合わせのもので

《大波》が完全に止められるとは、おそらく誰も思っていない。ただそれを作る間だけは、これから迫り来る敵の恐怖を忘れることができる。心を落ち着け、戦いに備える時間が生まれるのだ。アシトはその時初めて、気仙沼の海岸に必死になって壁を築こうとした大人たちの気持ちが分かったような気がした。このまま何事もなく時が過ぎるのではないか。壁も機雷も杞憂に終わり、救命艇を運ぶエリンの声が聞こえてくるのではないか。そんな期待がじわじわと湧いてくる。

しかし、先にアシトの耳に届いたのは、海底からやってくる怪物のうなり声。ごうん、ごうん、と巨大な金属がたわむような轟音が、海を揺らし始めたのだった。アシトは全身の神経が逆立って、抑えようのない身震いが起きる。

指導官が共用チャネルで叫んだ。

【――疑似鼓動音！　戦闘準備！】

アシトも耳を澄まし、敵影を確認する。遥か下方にどよめく、巨大な音像。それは共鳴し、同調する、数百の疑似鼓動音だった。まるで一匹の巨大な竜のような、渦巻く怪物の群れ。

電離態加速槍を握ると、腕から流れ込んだ電力が穂先に届く。光刃は海水を沸騰させ、立ち上る気泡は上へ上へと舞い上がった。

人間がレヴの鼓動に身構えるとき、レヴは人間の鼓動に誘われる。数十の怪物が吸い上げられるように接近し、骸で作られた壁に飛び込んできた。ロープで繋いだだけの緩い造りが、かえって勢いを受け流すのに適しているのだろう。風を受ける帆のごとく全体が膨らむほかはびくともしない。レヴたちはそのまま壁沿いを進み、用意された穴に飛び込んできた。

戦闘開始。

間合いに入ってきたものを迷わず突き殺す。そして、その後ろから襲い掛かる二体目を袈裟に断つ。正面だけに集中すればいいことが、これほど戦闘を容易にするとはアシトも驚きだった。斬っては突き、突いては斬る。ただその繰り返しだけで、見る間に怪物が殺されていく。時に攻撃をかわして槍に絡みつくレヴもいるが、そういう時は空いている腕で拘束し、確実に炉核を潰せばいい。こちらには傷一つつかない。

気にかかるのはヴォジャノーイ社のギデオンたちだった。分かっていたことだが、目に見えて動きが鈍い。二機一組で戦っているとはいえ、既に搭乗者たちの限界は超えている。その上、視界を覆いつくさんばかりの死体をかき分け、なおも飽くことなく襲い掛かる敵の数は果てしなかった。一分一秒が疲労となり、じわじわと首を絞めていく。

穴によって接敵する数を制限している以上、壁の向こう側には少しずつレヴが増えていった。そのほとんどは網を前にして行き場をなくした魚のように回遊するが、時折壁の隙間に腕を差し込む者もいる。

次第に網がレヴの圧力に押され始めると、ようやく指導官が全体に号令をかけた。

【総員、退避！　機雷作動！　三、二、一、爆破！】

次の瞬間、死骸壁に仕掛けてあった機雷が炸裂する。それは水による威力減衰やレヴの回避速度を考えれば、通常大きな効果は認められず、ないよりはマシ、と言われる程度の防衛手段。しかし、壁によって動きを止め、最大限敵を集めた今であれば話は別だった。榴弾のように弾けた機雷針がレヴの炉核に突き刺さり、怪物たちは身もだえる。次々と疑似鼓動音が途切れていくその音景は、突然凪が訪れた浜辺のようだった。

壁の向こう側にさらに死骸が広がると、レヴの群れはまるで恐れをなしたかのように海底に引き返していく。一瞬、ギデオンたちの間にも、安堵の溜め息が漏れたような気がした。アシトも槍を下ろし、力を抜くと微かに眩暈がする。どれほど作戦が機能しているとはいえ、命を懸けた戦闘に消耗しないはずもない。夕食で満たされていたはずの腹は既に空っぽのような気がした。

【うまくいきましたね】

個人チャネルで指導官に声をかけると、返ってきたのは全く緩みのない、むしろ重苦しいほどの《声》。

【これは引き波だ】

アシトはその言葉の意味を、よく知っていた。

引き波とは津波が訪れる直前、逃げるようにして波が沖合に引いていくこと。忘れもしない。あの日、引き波で露わになった砂浜に留まったせいで、アシトと姉は逃げるのが遅れたのだ。

この場合、指導官が言いたいことは一つだろう。

【これから《大波》が来る】

もうすでに《大波》と戦っているではないか、というアシトの反論は、再び力強く脈を打った海底の鼓動によってかき消された。

【戦闘準備！】

再び指導官の号令が飛ぶ。だが、今度の声音には幾分か悲壮な響きも滲んでいた。これは自分たちが望んで選んだ道。どれほど無謀で、苦しいことか覚悟した上で、ここにやってきた。しかし、それでもこの容赦のない襲撃の連続に、アシトは足がすくむ。街が呑み込まれ、人が呑み込まれ、姉が呑み込まれていった、あの波。すべてを容赦なく押しつぶし、奪い去った黒い波。仮にあの時ギデオンがあったとして、自分は姉を守れていたのだろうか。結局、この絶対的な破壊から、逃れられる者などいないのではないか。

そんな弱音を必死に振り払い、アシトは電離態加速槍を構えなおした。

レヴの波が下から押し寄せる。浮かんだ同胞の亡骸を蹴散らし、一つの怒れる獣となって、壁に突き当たる。その衝撃は振動となって、まるで破城槌のごとくギデオンを襲った。そして、一挙に守りが崩れる。

防壁がレヴの圧力に負け、千切れた。一か所だけではない。いたるところからレヴが壁を突き抜け、ギデオンたちに襲い掛かる。恐怖と動揺で制御のできなくなったいくつもの悲鳴が、共用チャネルを引き裂くように響いた。

アシトは反射的に、悲鳴を上げた近くの双腕型のもとに疾駆した。そして絡みついたレヴを即殺する。しかし、既に双腕型の片腕はもがれ、制御殻から響く鼓動は乱れていた。

【防御姿勢をとって】

アシトはそう告げながら、背後から襲い掛かるレヴを振り返りもせずに切り伏せた。

こうなれば戦術も何もあったものではない。あとはひたすらに近くの敵を殺すのみ。四方八方から襲い掛かるレヴをとにかく破壊する。何かを考えている暇などなかった。攻撃をかわし、時に受け止め、炉核を破壊する。ただそれだけ。アシトは助けた双腕型の電離態加速槍も借り、二本の槍で怪物たちを捌いていった。

戦場は既に混沌と化し、他のギデオンが何をしているのか、指導官がどこにいるのかもよく分からない。皆も無事に生き延びてくれと願うしかない。

アシトはレヴを一体殺すごとに、どこかから冷ややかな声が聞こえるような気がした。

果たして、こんなことに何の意味があるのか。

たった数十の子供の命。それを守るために別の子供たちが命を尽くす。世界を救えるわけでもない。大人たちに鉄槌が下されるわけでもない。ただ自分たちが生き延びるためだけに、戦い続ける。その上、ひとたび気を抜けば、そこには痛みと死が待っている。息の詰まるような時間と果てしない疲労の蓄積。

だから言ったじゃないか、と声が聞こえる。
ギデオンになんか乗らない方がよかったのだ。この先に幸福がないことなど分かり切ってい
た。待ち受けるのは、ただ使われ、擦り切れ、死にゆく未来。怪物を殺すために怪物の死体に
乗り、壊れるまで戦い続ける愚かな命。
私たちはそうやって死んでいく——……
いい、い、い、い、い

【善波君、呑まれるな】
頭に指導官の《声》が飛び込んでくる。アシトははまり込んだ沼から這い上がるように、そ
の《声》に耳を傾けた。
【これは死の基調音だ。戦況が苦しくなればなるほど、皆の諦念が共鳴し、《声》となって、
我々を死に引きずり込もうとする】
【指導官も聞こえるんですか】
【私はもう、聞き飽きたよ】
アシトは意識を取り戻し、首を狙って飛び込んできたレヴを間一髪で避けた。そして縦に両
断する。どこかにいる指導官の《声》はなおも語り掛けてきた。
【自分の音に集中するんだ。自分の鼓動、血流のリズム、思考のリズム。考えてはいけない。
ただ耳を澄ませ】

アシトは四体のレヴを回転しながらなで斬りにする。炉核を外した一体のレヴに第一右腕を噛みつかれ、そのまま引きちぎられた。まるで自分の腕を食われたような痛みを覚えるが、アシトはそのまま槍を振るって今度こそレヴの息の根を止める。

【指導官はいつも、こんな戦いをしているんですか】

【大人の指示に従っていれば、ここまで酷くはならないだろう】

新たな四体のレヴに囲まれていた。アシトは第二右腕に握っていた槍を投げつけ、一体の炉核を貫通させる。その隙に別のレヴが左足に襲い掛かるが、食らいついた瞬間、炉核を突き壊した。振り向きざま、残った二体を斬ろうとするが、槍が抜けない。第二右腕、第二左腕を食いちぎられる。

そこでようやく、アシトはこの四腕型が活動限界間近だということに気づいた。ほとんど電力が残っていない。警告は出ていたはずだが、それに気づく余裕さえなかった。

もはや漂うのみとなったアシトに、二体のレヴが襲い掛かる。

しかし、その牙がギデオンに触れるより先に、二本の刀が飛来し、炉核を刺し貫いた。

【……だが、それは自分の意思を貫くこともできないということだ。死の声に従うより先に、自分の心を殺すということだ】

少し離れたところに指導官の六腕型が佇んでいる。ただし、その腕は四本に減り、握られた刀は二本。余った腕は槍を握っている。満身創痍であるのは彼女も同じだった。

全てのギデオンが死にかけている。誰もが防御姿勢をとり、かろうじて生きながらえている状態だった。まともな鼓動を響かせている機体は指導官を除いて残っていない。彼女の心臓だけが、今なお微かに、その生を主張している。

しかしふと、なぜこんなにも鮮明にその音が聞き取れるのか、なぜ離れたところを漂う六腕型が見えるのか、という疑念が脳裏をよぎる。

気づけば、レヴがいない。まるで何事もなかったかのように、戦場は静まり返っていた。

これで戦いが終わったなどとは、もうアシトも思わなかった。

引き波だ。

大波は一度では終わらない。何度も押し寄せては、徹底的に、余すところなく破壊する。

指導官はゆっくりとアシトの傍に寄ってきた。レヴの死体を押しのけ、すぐ目の前で止まると彼女は言う。

【君も防御姿勢をとれ。そうすれば、長生きできる】

【……たった一人で、戦う気ですか】

【それより他に道はない】

【無茶ですよ】

彼女のギデオンも活動限界は存在する。どれほどエネルギーを節約しようとも、無限に動くことはできない。おそらくは数分も持たないだろう。

　しかし、指導官はどこか笑うように言った。

【私が憧れた少年は、その無茶をしたんだよ】

　アシトは言葉を返せなかった。

【心配することはない。私はもう、自分が執着しているものを見つけた】

【……執着？】

【そうだ。自分が命を懸けるに値するもの。いや……どうしても懸けてしまうものか。魂にこびりついて離れない、そういうものだ】

　彼女はそれからぽつりと、呟く。

【私も、かつては売られた子供だった】

【え……】

【日本でギデオン搭乗者の募集がかけられてすぐ、見知らぬ子供たちと一緒にバスに乗って、国連の研究所に送られた。親には東京の観光ツアーだと言われたよ】

　対レヴ関連法が制定されるまでは、子供の意思を無視した搭乗実験がほとんど非合法に行われていたと、アシトも聞いたことがあった。いわゆる第一世代は安定したギデオン運用が確立されるまで、多くの犠牲を被ったのだ。コンテナに子供たちが隠されていると知って、なぜあれほど指導官が感情を露わにしたのか、今になって分かる。

【……私はたぶん、怒っていたんだ。自分を捨てた親や、子供を利用する大人たちに、ずっと怒っていた。なのに、そんなことは無駄だと、自分に言い聞かせていた。怒りを押し殺そうとしていた。君は、そんな私に、大切な怒りを思い出させてくれた】

【……そのために、死ぬつもりですか】

【少なくとも後悔はしないで済む】

ありがとう、善波君、と指導官は言った。六腕型から聞こえる心臓の音は、まるで小鳥の拍動のように軽やかに響いている。船渠で初めて彼女と会い、ギデオン越しに聞いたあの鼓動と変わらない。

だが、アシトが言葉を返すより早く、怪物が襲来を告げた。

巨大な偽りの鼓動。終わりを予告する疑似鼓動音が厳かに鳴り響く。

指導官は静かに泳いでいった。数え切れぬほどのレヴの死体の向こう、今やはっきりと迫り来る様が見える死の波に向かって。

やめてくれ、と叫びたかった。これではまた同じではないか。また目の前で、自分を守ってくれる人が死んでしまう。どれほど強力な兵器を与えられ、どれほどの時間をそこに費やしても、結局自分は無力な子供のまま。動けず、泳げず、誰かを守ることなどできないあの頃のままではないか。

声が聞こえる。

全ては無意味だ。死に抗うな。

いや、その声を発しているのは自分ではないか、とアシトは思う。諦め、立ちすくみ、ただ嘆いているのは自分自身ではないか、と。しかし、ギデオンが動かなければどうしようもない。自分にはどうすることもできない。

【アシト！　ねえ、聞こえる?!】

突然入ったのは、たった一人の幼馴染の《声》。

【救命艇と一緒に向かってるから！　あと十分！　十分だけ待って！】

それは希望の知らせか、死亡宣告か。たった十分。その十分があまりに長い。

【エリン……もう……】

【うるさいっ！】

アシトが弱音を吐こうとすると、すかさずエリンがそれを制した。

【泣き言なんて聞きたくない！　これはあんたたちが始めたのよ！　いろんな人に迷惑かけて、心配させて、それでも選んだわがままでしょ！　だったら最後まで貫きなさいよ！　どんな方法を使ってでも、生き延びなさいっ！】

その瞬間、アシトの脳裏に姉の最期の言葉が蘇った。

生きて。

彼女もまた、そう言ったのだ。そしてアシトはようやく思い至る。

執着。自分の魂にこびりついて離れないもの。

アシトにとってそれは、これまでも、これからも、永遠に変わることはないだろう。いつだって、あの日の悔恨を薪にして、己を燃やす。この世のどんな苦しみも、心臓に焼き付いた痛みに比べれば、たわいもない。

姉は全てをなげうって、自分を救ってくれたのだ。

自分は本当に、全てをなげうっているのか？

この手の中に、残っているものはないのか？

アシトは己に問う。

なぜお前は動けないのか。

本当に死んだわけではないというのに、なぜ死んだつもりになっているのか。

レヴは炉核を壊すまで止まらない。なぜならその心臓は動いているからだ。ギデオンは、その核融合炉が止まっているから、外から入れた電力に頼ってしまうのではないか。

四年前、幼い自分がなぜ生き延びたのか、アシトはずっと疑問だった。国連軍の助けが来た時には、とうに活動限界は超えていたはずだ。それでも生きていたのは奇跡か、幸運か。あるいはあの時、自分はレヴになっていたのではないか。己の心臓から、生き延びるための力を生み出していたのではないか。

アシトの答えは出た。

怪物と戦うのならば、本当に、怪物になればいい。

その呟きが響いた時、かつて善波アシトだったものは一瞬、光に呑まれるような気がした。

【炉核、点火】

ユアは何が起きたのか分からなかった。

迫りくるレヴの群れを単機で待ち受けていたその時、突然、目にもとまらぬほどの速さで、白い影が傍を横切ったのだ。

それは《大波》に突っ込み、その瞬間、数十のレヴが蒸発した。まるで触れるだけで命を奪う神の吐息が、そっと海中に吹き込まれたかのようだった。

その影は善波君の四腕型のはずだ。少なくとも、ユアは彼以外に白いギデオンを知らない。だが、まさにその機体は寸前まで、指一つ動かすことができなかった。三本の腕を失い、死体同然となって漂っていたではないか。ものの数秒で、何体ものレヴを破壊するこのギデオンに乗っているのは、果たして本当に彼なのか。

それはもはや敵の炉核を狙うことさえやめていた。一本の腕と一本の槍のみで、圧倒的な速さと力に任せ、すべてを無造作に断ち切っている。海を裂く電離態加速槍は圧縮された熱と共に閃光を放ち、生み出される衝撃波が巨大な斧のごとく敵を刈り取った。レヴは切り倒される木々のように、なすすべもない。槍の一振りごとに、怪物の群れから噴き出す血が海を黒く染める。溢れる力を留められないのか、機体の口からは炎のごとき電光が漏れ、それは流れる星のように、白い軌跡を描いて敵を蹂躙した。

本当のレヴィヤタンが、そこにいたのだ。

もとよりそれは、この世でただ一つ、神が創りし傑作に与えられた名前。

数百に群れる軍勢ではなく、全ての怪物を統べる王にこそ、ふさわしい。

息をするようにレヴを屠る白いギデオンは、まさしく戦場の王であり、死神だった。砕かれた《大波》は狂った疑似鼓動音を吐き散らし、幾百もの絶鳴と共に沈黙した。白い影が槍を薙ぐたびに、海は少しずつ静かになっていく。

ユアはただ、それを見つめることしかできなかった。まるで初めて戦場に立った兵士のように、あるいは、生まれて初めて嵐を見た赤子のように、ただ震えることしかできなかった。

そして、ついには数多の骸が周囲に浮かぶ中で、白い四腕型が最後の一体となったレヴを捕まえ、心臓に槍を突き刺す。

か細い怪物の悲鳴が響き、止んだ。

戦いが終わったのだ。

押し寄せた黒い波は、たった一つの白い投石によって、跡形もなく消え去った。

やがて白いギデオンはレヴの死体から槍を引き抜くと、海底へ静かに沈んでいく。

【待ってくれ】

ユアは開いたままのチャネルに呼びかけた。深紅の六腕型は刀も槍も放り出して、遠ざかる白い背中を追いかける。

【行くな】

必死に潜るユアを無数の死骸が妨げる。千切れた腕、砕けた骨格、裂けた頭蓋。それを何度も、何度も押しのけて、ユアは深みに降りていく。

制御殻は明滅し、活動限界は近い。だが、止まるわけにはいかなかった。

諦めるわけにはいかなかった。

【善波君】

ユアがその腕を掴んだ時、初めて白いギデオンの動きが止まる。そして、それはゆっくりと振り返った。

間近で見る怪物の王は、ほとんど屍のようだった。全身に漲っていた力は嘘のように消え失せ、体から滲むのは黒い血ばかり。周りを漂うレヴの死骸と何も変わらない。

そして、その一瞬でユアは理解した。

彼はもう向こう側に行ってしまった。

海の底に向かう彼を、止めることはできないのだと。

ただ、摑んだ腕を通して、微かな鼓動が聞こえてくる。

それは四年前、やはり怪物の骸が溢れる戦場で、少年の心臓から聞こえた鼓動と同じ。

きっと、あの日からずっと変わらずに響き続けている、どこまでも純粋で、優しい鼓動。

それゆえ、ユアは微かに残る彼に向けて、告げた。

【君が、救ったんだ】

たとえこの声が届かないのだとしても、伝えずにはいられなかった。

【君だけが、救ってくれたんだ】

あの日も、今日も、決して揺らぐことのない一つの事実がある。

【君は――この世界で一番の、怪物だよ】

その時、白いギデオンははっきりとユアを見つめてきた。そして、そっとユアの手から抜け出すと、何も言わず再び静かに沈んでいく。

暗く、冷たい海の底へ。

もう二度と、振り返ることもなく。

後に、ギデオン三体によるコンテナ船の救出劇は《ヴォジャノーイ事件》と呼ばれることとなった。その事の顛末は、生還した子供たちによる証言がなければ、あまりに荒唐無稽で、大人たちは誰一人信じることはなかっただろう。

しかし、確かなことは、《大波》による犠牲者はただの一人も出なかったということ。コンテナ船の船員四十一名、人身売買の被害者である子供三十五名、およびギデオンに搭乗していた子供十四名、その全員が無事に帰還したということである。

ただ一人、純白の四腕型に乗って姿を消した少年、善波アシトを除いては。

終章

深海には星が降る。

もはや太陽光の届かない水深千メートルでは、果てしのない闇が広がっている。その中で不意に、ちらちらと青白い光が灯るのだ。その正体はマリンスノー。プランクトンの死骸や生き物の排泄物が集まってできた海の埃。その中には発光細菌が含まれていて、ギデオンに触れるたび光を放つ。

昔の人はそれを雪にたとえたが、ユアにとっては、星が降る、という方がしっくりくるように思われるのだった。それはかつて気仙沼で見た、海と空とが繋がったような夜を思い出すからなのか。空が海原になることがあるのなら、海が夜空になることもあるだろう。

実際はまだ二か月しか経っていないにもかかわらず、ユアにとって、トライトン社への出向は既に遠い過去となっていた。ヴォジャノーイ社のギデオンたちを助けに出た夜から今に至るまで、大きな変化はない。結局、世界に抗うつもりでユアが決行を決めたコンテナ船の救出劇は、日夜報告されるギデオンの戦闘事例の一つとして処理され、人身売買の子供たちに関してもいくつかの人権団体が批判記事を書いた他は、何の反応も引き起こさなかった。確かに、抵抗は成功したのかもしれない。しかし、ユアが世界だと思っていたものは、ずいぶんと小さな世界の一部だったらしい。

その上、ユアは今も国連軍のもとでギデオンに乗り続けている。搭乗資格を剝奪しないどころか、国連軍は軍法会議すら開かず、トライトン社がその寛大すぎる処分に抗議することもなかった。もしかすると大人たちは、あの命懸けの作戦を子供の駄々程度にしか思っていないのかもしれない。

ただ、前線から外されて、情報群研究科の部隊に異動になったことは、罰といえば、罰なのだろう。この部隊は二十機ほどのギデオンを運用するものの、戦闘は避け、レヴの群れの移動やその生態を調査する。ここには戦闘部隊に入れなかったことを不満に思う者も多く、元々戦闘員だったユアに向けられる視線は冷たい。

音のない闇に満ちた海を泳いでいると、時折気仙沼が恋しくなった。自分が指導した子供たちは今も楽しくギデオンに乗っているだろうか。突然の転校生を温かく迎えてくれたクラスメイト達は受験勉強に励んでいるだろうか。ともに戦い、帰還した宮園さんは今、何をしているのだろうか。ユアは港に帰還したときには気を失っていて、目が覚めたのは国連軍付属の病院の中だった。それからひと月は事件の聞き取り調査を受けていたが、当時は様々な人間が入れ代わり立ち代わり現れて、自分が誰に何を話していたかも覚えていない。

結局、いつも考えてしまうのは、あの白い四腕型のこと。

もはや活動限界を迎えていたはずの善波君の機体が、まるで死の淵から蘇ったかのように戦い、敵を壊滅させた。チャネルは繋がっていたが、いくらユアが声をかけても反応はなかった。あるいは、彼も幽霊になったのだろうか。脳の一部が死に、《複脳》によって本能のまま戦い続けるギデオンになってしまったのか。彼は《大波》を撃退した後、まるで誰かを探しに行くように、深海に姿を消した。もう自分の知っている善波君は、この世にいないのかもしれない。

【風織、今日の任務は終了だ。帰港しろ】

ふと、国連軍の基地から通信が入る。ユアは【了解です】とだけ答えると、ゆっくりと上昇を始めた。最後に一度だけ強めの反響定位を暗がりに放つが、答える者はない。

【それと、大佐がお呼びだ。後で司令室に来るように】

おや、とユアは思う。大佐直々の話など、そうあるものではない。更なる異動辞令でも下るのか、あるいはいよいよ除隊処分が言い渡されるか。ユアは他人事のように考える。

国連軍をやめたら、気仙沼に戻ろうか。トライトン社との関係は気まずいだろうが、ボランティアでギデオンの指導をしてもいい。

いや、そうは言いつつ、自分はただ一縷の望みをかけているだけなのではないか。善波君が戻ってくる場所は、気仙沼に決まっている。そこにいれば、いつか――……

ユアはそれから自嘲するように苦笑して、

【……了解です】
と繰り返した。

ユアがフロートスーツから制服に着替えていると、更衣室にやってきた二人の女子が口をつぐむ。ちらりと、「幽霊」という言葉が聞こえたということは、善波君のことを話していたのかもしれない。
あの事件があるまでユアはほとんど意識したことがなかったが、ギデオン搭乗者の間では幽霊になった子供たちという噂話がよく出回っているらしい。ギデオンで出撃した際、突然連絡を絶ち、海に消える。共通しているのは、窮地に陥りほとんど動けなかった機体が突然信じがたい戦闘性能を発揮する、という点だった。
東京基地においても先例があり、芝崎トオルという少年が何年も前に失踪している。噂を盗み聞きしたところによると、ギデオンは新たな生命に変わるための蛹ではないか、と考える者もいるらしい。正確に言えば、そもそもレヴが魂の欠けた蛹のようなものであり、やつらが人間を襲うのも、人の魂を取り込んで別の生き物になりたいが故。レヴの死骸から造られるギデオンは時に搭乗者の魂とまじりあい、別の生き物に変わってしまうことがあるのではないか。

幽霊になった子供たちは、人間という器を捨て、何かになってしまったのではないか、と。

「怪物、か」

　思わずそう呟くと、二人の女子の注意が向けられるのが分かった。

「……私は気にしないから、好きに話してくれて構わないよ」

　一応ユアなりに気を遣ってみたものの、逆効果だったらしい。顔面蒼白になった彼女たちは、怒られたと思ったのか、「すみませんでした！」と言って更衣室を飛び出していく。ユアは溜め息を一つ呑み込んで、司令室に向かった。

　もうすぐ夏の盛りを迎えようというこの時期、基地から見える海には化け物のように膨らみあがった入道雲がかかっている。気仙沼は今頃同じくらい暑いのだろうか。海に人は出ているだろうか。できれば、春以外の気候も知りたかったものだ、と気が付けばそんなことばかり考えてしまう。

　司令室の扉をノックすると、入室の許可が下りる。大佐の前には一人の隊員が立っており、ユアは思わず、

「外で待っていますが」

　と提案するものの、大佐は首を横に振った。

「いや、かまわん。彼女は君を待っていたんだ」

　用件があるのは大佐ではなかったのか。一体何事かと訝しみながら机に近づいたユアは、横

目で隊員の顔を見て唖然とする。

「紹介しよう、宮園エリン三等兵だ。彼女はこれから君の下についてもらう」

制服姿ですぐには気づかなかったが、もはや間違えようはない。宮園さんはくるりとユアの方に体を向けると、敬礼した。

「宮園エリン三等兵です。よろしくお願いいたします」

その表情こそ平静を保っているものの、眼はいたずらっぽく輝いていた。彼女は明らかにユアの狼狽を見て楽しんでいる。ユアは驚きのあまり、まだ開いた口がふさがらない。

そんな二人の様子など気にも留めず、大佐はあくまで事務的な調子で続けた。

「本日付で、君は宮園三等兵とともに研究科の変異班に配属される。公にされてはいないが、ギデオンの暴走機体は変異体と呼称され、既に研究も進められている。君たちの当面の目標は、善波アシトが搭乗していた四腕型の捕獲だ」

さらに寝耳に水の話である。ユアは必死に大佐の言葉を頭で繰り返したが、それでもうまく呑み込めない。

「捕獲……ですか？」

「そうだ。二週間ほど前、北大西洋で正体不明の四腕型が民間ギデオンとレヴとの戦闘に介入、レヴを壊滅後、姿を消したという報告が入った。変異班によれば、これは善波アシトのギデオンである可能性が高いとのことだ。他にも、謎の白い四腕型との遭遇報告が最近各地で上がっている」

ユアはそれを聞いて、更衣室で耳にした少女たちの噂話を思い出した。あれは気のせいではなく、本当に善波アシトの幽霊について話していたのではないか。

「そのギデオンに善波アシトの意識が残っていると仮定した場合、おそらく君たちが役に立つだろう、というのが上層部の判断だ。詳細は追って連絡する。以上だ、下がれ」

質問はしてくれるな、とでも言うように大佐は手元の書類に目を落とした。ユアは呆然としながらも司令室を退出するしかない。

廊下に戻ると、たちまち宮園さんは懐かしい笑みを浮かべて、

「おひさしぶりね、指導官」

とユアの顔を覗き込んでくる。

「君が……どうして国連に……」

ユアが動揺したまま尋ねると、質問に答えるより早く、彼女は歩きだした。

「どうせなら、もっと気持ちのいいところで話さない？　案内してよ」

「話すといっても……食堂くらいしかない。それから休憩室はあるが……」

そこにユアが足を踏み入れると、自然と部屋が静まり返るのだ。居心地のいいものではない。

すると宮園さんは振り返って、

「じゃあ、屋上は？」

◇◇◇

そこは目が眩むほどの夏の日差しに満ちていた。屋上が開放されているにもかかわらず人がいないのは、皆冷房の効いた屋内を求めているからだろう。しかし、緩やかに流れる風が思いのほか心地よく、真っ青な海と染み一つない雲が聳える景色は気仙沼の屋上に劣らず清々しい。

歩いている間に多少落ち着きを取り戻したユアは、改めて尋ねた。

「それで、どうして君がここにいるんだ？」

「どうしても何も、応募して、合格しただけよ。能力が認められたっていうよりアシトの関係者だから、って理由だと思うけど」

「……高校を辞めたのか？」

「まあね。予定よりちょっとだけ早い就職かな」

彼女は何でもないように言うが、それまで暮らしていた故郷、友人、そして親元を離れるという決断は、そう簡単なことではない。それに国連軍に来るということは、良かれ悪しかれ、今後の人生に多大な影響を及ぼすのだ。自分のように選択肢がない人間ならまだしも、彼女はそうではないだろう。

するとと宮園さんは少し困ったように笑って、

「だって、アシトに会いたいから」

と呟いた。

「国連軍だったら、何か手掛かりが摑めるんじゃないかって。あなただって、そう思ってるからここに残ったんじゃないの？」

「……」

「あたし、まだアシトに借りを返してもらってないの。戦いが終わったらって約束だったのに、見事にすっぽかされた」

そう言って海を見つめる宮園さんの横顔は、胸を刺すような寂しさに満ちている。

「ほんと、ひどい奴よね。友達にも家族にも、幼馴染にも何も言わないでいなくなっちゃうなんて。家を出るとき親とも大ゲンカしちゃったし、もう、あいつのせいであたしの人生めちゃくちゃよ」

ここに来るまでに彼女が抱え込んだ葛藤は、ユアには計り知れない。しかし、その表情を見ているだけでも、息が詰まった。もっと自分が社交的で、いろんな友人がいたら、こんな時ふさわしい言葉をかけてあげられたのだろうか、とユアは思う。

しかし、宮園さんは不意にユアの方を振り向くと、

「ねえ、気仙沼の屋上であたしがした質問、覚えてる？」

と尋ねてきた。

「え」

「その顔は、覚えてるわね」

忘れるわけがない。あれほど頭が混乱し、わけがわからなくなったのは、初めてのことだったのだから。

「あなたは、『わからない』って言ってたけど……今はどう？」

「どうって……」

ユアは誤魔化すように尋ね返した。

「藪から棒になんだ。聞いてどうする」

「もし好きなら、先に謝っておこうと思って」

「……なぜだ」

「あいつと再会したら、あたし、絶対ぶん殴っちゃうと思うから。どんな方法でも生き延びろとは言ったけど、人間やめるなんて馬鹿でしょって」

宮園さんの表情はどこまでも真剣で、だからこそ、ユアは思わず笑ってしまう。

他人が心配するような憂いや悩みなど、彼女は蹴散らしていくのだろう。アシトがどんなに深く、どんなに遠く去ろうとも、彼女はきっと海の果てまで追いかける。再会できないなどという未来は、彼女の目には映っていないのだ。

「……何よ、そんなにおかしい？」

「君も、立派な怪物だと思って」

それ、どういう意味よ、と宮園さんは口をとがらせるが、やがてユアの笑みにつられたのか、ふっと笑い出し、屋上には軽やかな二つの笑い声がどこまでも高く昇っていった。

「宮園さん」

「なに？」

「私は善波君のことが、好きだ」

彼女が積み重ねてきた時間と比べたら、ほんの一瞬だったのかもしれない。それでもこの春、自分は彼と出会い、語らい、ともに戦った。それからずっと、忘れられない。海に入ればいつだって、彼の鼓動を探してしまう。

「君と同じ『好き』かは、分からないが」

ユアがそう付け加えると、宮園さんは大きな溜め息を漏らした。

「同じなわけないでしょ。あなたの『好き』はあなただけのものよ」

「そういうものか」

「そういうものよ」

ユアはずっと分からなかった。自分の抱くこの執着をなんと呼べばいいのか。

自分と彼は似ている気がして、一緒にいることが心地よく、会えないことがただ寂しい。

ひどく単純で、曖昧な、はじめての感情だった。

それゆえ彼と再会したところで、何か伝えたいことがあるわけではないのだ。ただ一つ願うことがあるとすれば、その時は一緒に海の音を聞こうと思う。それから彼が泳いだ、世界中の海の話を聞こうと思う。

ユアは青く広がる海を見つめた。

この海のどこかに、彼はいる。

美しく強い怪物となって、生きている。

そんな彼に早く会いたいと、心から願う。

〈了〉

あとがき

今でもよく覚えています。私は当時、茨城県の学校に通う高校二年生でした。その日は教室で英語の授業を受けていて、あまりにも長い揺れを机の下でやり過ごした後、私たちは外に集められました。校舎の壁面には大きな亀裂が走り、グラウンドには地割れの痕がありました。地震の発生を語る教師の声も、興奮して冗談を飛ばし合うクラスメイトたちの会話も、全てが遠く、私は何か、世界を柔らかく包んでいた膜が、静かに破けてしまったような気がしたことをよく覚えています。

家に帰ると、棚から飛び出した食器が粉々に砕け散っていて、本棚に詰まっていた何十冊もの文豪たちの全集もまた、床に小高い山を作っていました。そして、倒れた拍子に何かにぶつかったのか、テレビの液晶が壊れていました。音は聞こえるのに、映像は何も映りません。当時の私はネットニュースを見ることもなく、SNSも知らず、もちろん壊れたテレビをつける気にもならず、ただ時間が過ぎるのを待っていました。

つまり、あの日、数え切れないほどの犠牲者を出した津波を、私は一度として見なかった。実際の目ではもちろん、映像ですら見ていない。私はそのことが、長年胸の奥に引っかかっていました。

この作品において東日本大震災を想起させる描写は、インターネットに残された当時の記録映像や、被災した方の実体験についてまとめられた本、そして気仙沼市の現地取材を経て、私が想像したものにすぎません。言ってしまえば、よそ者が震災を悲劇として引用しているのであり、この「あとがき」もまた、それを正当化する一つの言い訳に過ぎないのではないか、という思いがあります。

その側面を否定することはできません。ただ、せめてこの物語に触れた方が、少しでも震災に、今も続く被災地の復興に思いを馳せるきっかけになれば、と思います。国内では相変わらず地震が頻発し、海の外では子供たちが日々戦争の犠牲になっています。このような現実の中で、この作品が、過去の痛みをいたわり、これから訪れるかもしれない脅威に備える助けに少しでもなれば、と願っています。

最後に、震災で亡くなられたすべての方々のご冥福をお祈り申し上げるとともに、今もなお行方不明となっている大勢の方の早期発見を心より願っております。

二〇二三年三月　新八角

〈主要参考文献〉

『遺体―震災、津波の果てに―』石井光太著　新潮文庫

『津波の霊たち　３・１１死と生の物語』リチャード・ロイド・パリー著　濱野大道訳　早川書房

『私の夢まで、会いに来てくれた――3.11 亡き人とのそれから』金菱清ゼミナール編　朝日新聞出版

『巨大津波は生態系をどう変えたか　生きものたちの東日本大震災』永幡嘉之著　講談社

〈主要参考動画〉

『気仙沼市街地に押し寄せる津波』https://www.youtube.com/watch?v=egjEIFP7Y-Q

気仙沼における震災に関しては、気仙沼市東日本大震災遺構・伝承館において、多くの事をご教授いただきました。この場をお借りして心より御礼申し上げます。

なお、その上ですべての文責は筆者にありますことを、併せて申し上げます。

◉新八角著作リスト

「血翼王亡命譚Ⅰ　―祈刀のアルナ―」（電撃文庫）
「血翼王亡命譚Ⅱ　―ナサンゴラの幻翼―」（同）
「血翼王亡命譚Ⅲ　―ガラドの夜明け―」（同）
「滅びの季節に《花》と《獣》は〈上〉」（同）
「滅びの季節に《花》と《獣》は〈下〉」（同）
「ヒトの時代は終わったけれど、それでもお腹は減りますか？①」（同）
「ヒトの時代は終わったけれど、それでもお腹は減りますか？②」（同）
「チルドレン・オブ・リヴァイアサン　怪物が生まれた日」（同）

本書に対するご意見、ご感想をお寄せください。

ファンレターあて先
〒102-8177　東京都千代田区富士見 2-13-3
電撃文庫編集部
「新 八角先生」係
「白井鋭利先生」係

本書は書き下ろしです。

電撃文庫

チルドレン・オブ・リヴァイアサン
怪物(かいぶつ)が生(う)まれた日(ひ)

新(あたらし)　八角(やすみ)

2022年８月10日　初版発行

発行者	青柳昌行
発行	株式会社KADOKAWA 〒102-8177　東京都千代田区富士見2-13-3 0570-002-301（ナビダイヤル）
装丁者	荻窪裕司（META＋MANIERA）
印刷	株式会社暁印刷
製本	株式会社暁印刷

ISBN978-4-04-914141-2　C0193　Printed in Japan

電撃文庫　https://dengekibunko.jp/

電撃文庫創刊に際して

文庫は、我が国にとどまらず、世界の書籍の流れのなかで〝小さな巨人〟としての地位を築いてきた。古今東西の名著を、廉価で手に入りやすい形で提供してきたからこそ、人は文庫を自分の師として、また青春の想い出として、語りついできたのである。

その源を、文化的にはドイツのレクラム文庫に求めるにせよ、規模の上でイギリスのペンギンブックスに求めるにせよ、いま文庫は知識人の層の多様化に従って、ますますその意義を大きくしていると言ってよい。

文庫出版の意味するものは、激動の現代のみならず将来にわたって、大きくなることはあっても、小さくなることはないだろう。

「電撃文庫」は、そのように多様化した対象に応え、歴史に耐えうる作品を収録するのはもちろん、新しい世紀を迎えるにあたって、既成の枠をこえる新鮮で強烈なアイ・オープナーたりたい。

その特異さ故に、この存在は、かつて文庫がはじめて出版世界に登場したときと、同じ戸惑いを読書人に与えるかもしれない。

しかし、〈Changing Times,Changing Publishing〉時代は変わって、出版も変わる。時を重ねるなかで、精神の糧として、心の一隅を占めるものとして、次なる文化の担い手の若者たちに確かな評価を得られると信じて、ここに「電撃文庫」を出版する。

1993年6月10日
角川歴彦